玛丽娅·格里佩笔下的孩子们纠缠在谎言与谎言的蛛网中，
因为他们发现，成年人宁愿相信谎言，也不愿意相信真相。

——〔瑞典〕加布里埃拉·奥曼松《风暴眼中的孩子》

安徒生奖大师经典
埃尔维斯成长记

再见，谎言之国

[瑞典] 玛丽娅·格里佩 著 王梦达 译 郑雅文 绘

中信出版集团 | 北京

图书在版编目（CIP）数据

再见，谎言之国 / (瑞典) 玛丽娅·格里佩著 ; 王梦达译 ; 郑雅文绘. -- 北京 : 中信出版社, 2022.5（2024.6重印）
（安徒生奖大师经典：埃尔维斯成长记 ; 4）
ISBN 978-7-5217-3914-5

Ⅰ. ①再… Ⅱ. ①玛… ②王… ③郑… Ⅲ. ①儿童小说－长篇小说－瑞典－现代 Ⅳ. ①I532.84

中国版本图书馆CIP数据核字（2022）第007938号

The cost of this translation was defrayed by a subsidy from the Swedish Arts Council, which is gratefully acknowledged.
本书荣获瑞典艺术委员会翻译基金资助，特此致谢

再见，谎言之国
（安徒生奖大师经典：埃尔维斯成长记 4）

著　　者：[瑞典] 玛丽娅·格里佩
译　　者：王梦达
绘　　者：郑雅文
出版发行：中信出版集团股份有限公司
（北京市朝阳区东三环北路27号嘉铭中心　邮编　100020）
承 印 者：北京盛通印刷股份有限公司

开　　本：880mm × 1230mm　1/32　　印　　张：6.5　　字　　数：108千字
版　　次：2022年5月第1版　　印　　次：2024年6月第2次印刷
京权图字：01-2022-1151
书　　号：ISBN 978-7-5217-3914-5
定　　价：28.00元

如有印刷、装订问题，本公司负责调换。
服务热线：400-600-8099
投稿邮箱：author@citicpub.com

整件事越来越离谱。每次埃尔维斯回家晚了，妈妈都要等着他的新故事。看着妈妈充满期待的眼神，埃尔维斯实在不忍心让她失望。他知道妈妈不是一个容易上当的人，或许因为她的生活太乏味，太枯燥了吧。

目录

1 怎么说出口？ / 1

2 每次都要“编故事” / 8

3 欢呼雀跃的小恶魔 / 22

4 日子总得过下去 / 33

5 “两个”新朋友 / 46

6 滑雪盘回来了 / 54

7 一封来信 / 66

8 奇怪的任务 / 78

9 什么是幸福？ / 95

10 芒努斯搞砸了 / 100

11 第一张合照 / 112
12 真相大白 / 118
13 跌宕起伏的一天 / 128
14 妈妈回来了 / 144
15 妈妈的旧照片 / 153
16 偏偏是3月12号 / 165
17 外公的葬礼 / 176
18 告别芒努斯 / 183

1 怎么说出口？

“你听见妈妈说的话了没有？”

“她们不是好人，埃尔维斯！”

埃尔维斯当然听见了妈妈说的话，她的声音在耳畔不断回荡着。确切说，只要妈妈一张口，埃尔维斯就能想象得出妈妈的语气。

所以他要告诉妈妈的那件重要的事，埃尔维斯到现在都没机会说出口。每天早上一睁眼，埃尔维斯都忍不住会犯嘀咕。

现在！今天就说，现在就说！埃尔维斯暗暗下定决心。

可是不行。他做不到。埃尔维斯的舌头总是不听使唤。他一见到妈妈，整个人就像泄了气的皮球，连尝试的勇气都没了。妈妈是永远都不会理解的。

不过，那天在雪地里，埃尔维斯向自己发誓，一定要大声说出真相！他一分钟都不能等下去了！

安娜罗萨的话像一根刺一样扎在他的心里：“是怕被你妈妈看见我和你在一起吗？”那天，他不敢让安娜罗萨骑车将他送到家门口，安娜罗萨就是这么问的。

安娜罗萨说得没错。埃尔维斯的确不敢让妈妈看见他和安娜罗萨在一起。他倒不是觉得丢人，只是不想和妈妈吵起来。他实在受不了妈妈一遍又一遍地唠叨：“她们不是好人，埃尔维斯！”“妈妈这么说都是为了你好！”

埃尔维斯脑袋一热，忍不住反驳道：“才不是！你才不是为了我好！”

然后妈妈说：“不许你用这种态度和妈妈说话！”

之后就完蛋了！妈妈说的还是老一套，埃尔维斯的回答也变不出新的花样。他们两个你一言我一语的对话，埃尔维斯几乎能倒背如流。反正吵到最后也吵不出个所以然，完全没有意义。气氛只会越来越僵，埃尔维斯觉得，自己都快崩溃了。

没错，所以啊——埃尔维斯最害怕的就是和妈妈吵起来。

在雪地里的那一次，他突然觉得自己的内心变得强大而自信。他也不知哪儿来的勇气，差一点儿就大步走上前去，直视着妈妈的目光，大声宣布：“我要和安娜罗萨·彼得松在一起！”

就这样！简简单单的一句话，多一个字也没有。一旦妈妈开始唠叨，他就保持沉默，不回答，不反驳，就那么坚定而倔强地站着，就好像他选择和谁在一起，是一件再自然不过的事情。妈妈不也这样吗？虽然埃尔维斯不喜欢希万阿姨，可妈妈和她还是成天打电话、见面之类的。妈妈也不想想，要是埃尔维斯也说三道四的，那她的日子能好过吗？

无论什么事，妈妈都能自己说了算，不需要在意埃尔维斯的想法，而且根本没有商量的余地——妈妈和希万阿姨想怎么聊就怎么聊。

可他呢，他能不能和安娜罗萨在一起，全由妈妈说了算。妈妈都不认识安娜罗萨，甚至都没怎么见过她。

至于希万阿姨，埃尔维斯至少是见过的，也算了解。希万阿姨总喜欢说别人的坏话——爸爸也这么觉得——而且都是些鸡毛蒜皮的小事，尤其针对埃尔维斯。

安娜罗萨从没说过妈妈一句不是，可妈妈还是不准他们两个见面。这公平吗？妈妈还非要说，埃尔维斯和安娜罗萨在一起“没有好处”。希万阿姨呢？和她在一起就有好处了吗？

不，他受够了！这一切也该结束了！

要么，他再试一次吧？最后一次？就明天吧！

对，他一定要说！必须说！

如果实在不行的话……那他也不知道该怎么办……只能再想其他办法……

第二天是个阳光明媚的好日子，树枝上的霜冻被照得闪闪发光。课间休息的时候，全校同学一起溜冰玩，大家开心极了。埃尔维斯和黑尔佳撞了个满怀，黑尔佳叫了声“哎呀！”然后爽朗地哈哈大笑。她一点儿都没生气，也没像平常那样喊他笨蛋。埃尔维斯惊讶极了……黑尔佳和他可一直都是死对头！

看来今天的运气还不错。放学回家的时候，埃尔维斯这样想着，脚步也不由得轻快了起来。

最糟糕的日子已经过去了！一切都会好起来的！

还在楼梯上的时候，埃尔维斯就听见了妈妈的歌声。她的心情不错！埃尔维斯已经成功了一半，现在只需要……

他打开门走了进去。妈妈还在唱着，完全没听见他的脚步声。

埃尔维斯脱掉靴子，走到厨房门口往里看。妈妈正站在熨衣板前熨烫一件衬衫。现在她才看见埃尔维斯。

“回来啦，小家伙！”

“嗯。”埃尔维斯清了清嗓子。就是现在！

可妈妈抢先了一步：“还好你今天回来得早！我和希万阿姨打算去看电影，所以我们一会儿早点儿吃饭。你不会又要溜出去吧，啊？”

“不会……”埃尔维斯又清了清嗓子。现在就说！

“拜托，埃尔维斯，别把溜冰鞋放在餐桌上！”

“哦哦，是的……”

“你怎么还不脱衣服？别愣在那儿傻站着……肉丸要到晚饭才能吃到呢。别想了，你怎么求我都没用的。”

“妈妈……”

“你要是不出去的话，就早点儿把衣服脱了！记得把外套挂到门厅去，别挂得乱七八糟的！”

“有件事……”

“我的小埃尔维斯……外婆给你的漂亮手套……你把另一只扔哪儿去了？你该不会弄丢了吧？啊？快给我瞧瞧！”

妈妈放下手中的熨斗，跑到埃尔维斯面前，仔仔细细检查起来。她翻遍了埃尔维斯的每一只口袋，可怎么都没找到另一只手套。

“不是吧，埃尔维斯……那可是外婆特地给你织的……你最漂亮的一副手套！你会不会把另一只落在学校了？”

“应该不会……”

“唉，那你肯定是弄丢了！你说说你，埃尔维斯……老毛病又犯了！”

妈妈叹了口气，回到熨衣板前面。

埃尔维斯转身走进门厅，老老实实地将外套挂好。埃尔维斯突然觉得很累，妈妈并没有因为丢手套的事大为光火，换作平时，妈妈早就发飙了。可埃尔维斯整个人就像被抽空了一样，头晕眼花，脑袋里一片空白。

埃尔维斯在门厅的衣帽架下面站了好久。他一会儿挠挠脖子，一会儿摸摸额头，不能就这么算了！他必须，必须……

“你在干什么，埃尔维斯？发什么呆呢？”

“没什么……”

“怎么一点儿动静都没有……你该不会……”

“妈妈，有件事我……”

厨房里突然传出妈妈爽朗的笑声。

“哎呀呀埃尔维斯！你这个小迷糊……瞧，另一只手套在这儿呢！你把它塞到溜冰鞋里面去了！你早就忘了吧？唉，你自己做了什么，真是一点儿概念都没有。我说埃尔维斯，你怎么像个小老头一样，稀里糊涂的！”

“妈妈，我和……”

可妈妈在厨房里忙来忙去，根本没听见埃尔维斯说的话。她满脑子都在琢磨别的事，嘴里唠叨个不停。

“幸好找到了……为了给你织这副手套，外婆花了十几个小时呢！你应该珍惜才对，知道吗，埃尔维斯？”

“妈妈！我……事情是……”

唉，行不通。埃尔维斯硬生生闭上了嘴。他的声音听来是那么陌生，就好像不是他自己的一样。他没法用这种声音理直气壮地告诉妈妈，自己和安娜罗萨·彼得松在一起。妈妈要是听见自己这副腔调，没准儿会哈哈大笑。被妈妈笑话的感觉比什么都糟糕。

所以这次最好还是别说了。虽然气氛难得地融洽：外面阳光灿烂，大地一片银装素裹，每个人都开开心心。妈妈拿着失而复得的那只漂亮手套，情不自禁地又哼唱起来。

歌声戛然而止。

"你想和我说什么，小家伙？"

可现在已经晚了，最好的时机过去了。

"没什么，"埃尔维斯说，"真的没什么……"

埃尔维斯透过客厅的窗户往外望去。他听见妈妈的脚步声越来越近，然后在门厅边停了下来。阳光依然灿烂，可埃尔维斯的脊背却阵阵发凉。他背对着妈妈，无论如何都不想转过身去。他什么都不想说。

"我们要去看一部喜剧片。"妈妈说，"电影五点开始。今天的晚餐是肉丸，肉丸配意大利面，听上去不错吧？"

2 每次都要“编故事”

埃尔维斯雄心勃勃的计划失败了。

现在该怎么办?

其实他也没多少选择。埃尔维斯只能和从前一样，偷偷摸摸地和安娜罗萨在一起，不让妈妈知道。反正能瞒多久是多久，哪天倒了霉，被希万阿姨或其他什么人撞破了，她们自然会打电话和妈妈八卦的。

安娜罗萨什么都没说，埃尔维斯自然也不知道她的想法。不过她肯定很疑惑，埃尔维斯为什么从不请她去自己家玩，而总要赖在安娜罗萨家。

好在他们整个冬天可以待在社区农圃，安娜罗萨的外婆把地方借给了他们。

唯一的麻烦在于，埃尔维斯每次从社区农圃回家，时间都已经很晚了，妈妈自然会起疑心。

有一段时间，妈妈觉得埃尔维斯收敛了不少，一连好几天，他一放学就直接跑回家，一分钟都没耽搁。可好景不长，他的老毛病又犯了。而且这孩子脾气倔得像头小牛犊，怎么讲都不听。无论妈妈怎么苦口婆心地劝，他都死活闭着嘴，一声不吭。妈妈叹了口气，她知道埃尔维斯就是这样，不想回答的时候，八匹马都拉不回来。

所以当有一天埃尔维斯突然敞开心扉的时候，妈妈别提有多惊讶了，她几乎要跌坐在地上。这孩子怎么突然开窍了？还没等妈妈问，他就主动把自己的行踪一五一十地交代得一清二楚。

这怎么可能？太阳该不是打西边出来了吧？

埃尔维斯自己也不知道。他也很惊讶，不仅惊讶，还很害怕。因为他对妈妈说的都不是实话。他就这么稀里糊涂地撒了谎，而且一发而不可收。

每次埃尔维斯回家晚了，只要看见妈妈站在那儿，用质疑的眼神盯着自己，他都会抢在妈妈发问之前赶紧说点儿什么。他顾不上多想，当务之急是立刻编出一个像模像样的小故事。

埃尔维斯会说，一个老奶奶弄丢了房门钥匙，急得团团转；或是一个小孩子在超市迷了路，哭着找妈妈。他既然看到了，总不能坐视不管吧。这些故事一个接一个从他脑袋里冒出来，连他自己都不知道，撒谎这件事怎么会轻松得不费吹灰之力。

最不可思议的是，妈妈居然相信他的话。妈妈平时对很多事都半信半疑，可却一次都没怀疑过埃尔维斯。妈妈听得入了迷，完全忘记了自己本来要问什么。她饶有兴趣地追问故事的细节，比如对方和埃尔维斯说了些什么，最后问题又是怎么解决的，等等。

事实上，在埃尔维斯撒谎这件事上，妈妈算是助了他一臂之力。是妈妈想到，那个老太太还以为自己弄丢了钥匙，其实是虚惊一场，最后她在手提包里面找到了。埃尔维斯只好连连点头。

没错，她的手提包又大又深，里面塞满了东西……

没错，钥匙就在她的手提包里！

和妈妈猜得一模一样！

“我就知道，”妈妈得意地笑起来，“老太婆嘛，年纪也大了，脑袋也糊涂了。”

是啊，年纪是挺大的……

可算不上糊涂吧——不，这一点埃尔维斯不同意。虽然老奶奶只存在于他的想象之中，可埃尔维斯不愿意让她在妈妈面前显得很蠢。埃尔维斯必须维护她的形象。既然老奶奶帮了他的忙，那他们就算是朋友了。

没错。老奶奶帮着他一起骗过了妈妈！不过妈妈还蒙在鼓里。妈妈不知道的是，她自己也帮了埃尔维斯的忙——她成功地骗过了自己。很快，妈妈也开始跟着埃尔维斯胡编乱造起来，只是她自己浑然不觉。她挖掘出的细节越多，就越觉得自己思维缜密，头脑敏锐。她对自己的设想和推论深信不疑，是的，事实就应该是那样。最后就变成了，埃尔维斯搭出一个框架，妈妈往里补充内容，他们两个一起编造出各种离奇而有趣的故事。埃尔维斯几乎都要忘了自己在撒谎。

整件事越来越离谱。每次埃尔维斯回家晚了，妈妈都要等着他的新故事。看见妈妈充满期待的眼神，埃尔维斯实在不忍心让她失望。他知道妈妈不是一个容易上当的人，或许因为她的生活太乏味、太枯燥了吧。妈妈要么就是逛商店，要么就是打电话，生活一点儿新意都没有。

埃尔维斯真希望这些故事都是真的，就算是为了妈妈吧——妈妈就指着它们获得点儿乐趣了。埃尔维斯觉得有些内疚，倒不只是因为他骗了妈妈，他也骗了自己。

不过，现在他和妈妈的关系倒是缓和了不少。上次埃尔维斯被车撞了，妈妈差点儿以为他没命了。所以自从车祸以来，妈妈就很紧张，家里的气氛也变得凝重起来。他们两个都小心翼翼的，不敢多说一句话。现在，埃尔维斯和妈妈又能有说有笑了，而这一切都建立在埃尔维斯撒谎的前提下。真是奇怪！

妈妈也不再对安娜罗萨有所怀疑。她大概觉得，埃尔维斯这么忙，肯定没时间再和安娜罗萨见面。或许是因为其中并不牵涉安娜罗萨，妈妈才轻易相信了埃尔维斯的说辞。

情况就是这么个情况。

埃尔维斯没有告诉妈妈实话，他其实一直和安娜罗萨·彼得松在一起，而是编造了一个又一个和安娜罗萨完全无关的故事。

这感觉一点儿也不好。简直糟糕透顶。

特别是后来，他在学校里听说了一个很严肃的道理。老师说，经常撒谎的人，很快就意识不到自己在撒谎了。因为他们的良知已经崩坏，辨不清是非，当然也就不知道自己犯下了不可饶恕的罪。老师说，这件事的可怕之处在于，它是一个人“堕落的开始”，就好比一个小偷，最开始只是偷了根别针，任其发展下去，到后来就偷银碗了。

埃尔维斯觉得，老师在说这番话的时候，目光一直盯着自己。

从外表就能看出他撒了谎吗？

当然能。埃尔维斯从镜子中打量自己，总觉得看着有点儿鬼鬼祟祟的。他看人的眼神从来都很警觉、很敏锐，可现在完全没了神采。

与此同时，别人的眼睛里像是有磁石一样，无论他怎么闪避，目光都会被紧紧吸引过去。

最悲惨的是——一切邪恶都是在不知不觉中滋长的，很快他就会迷失方向，不知所措。

埃尔维斯不愿变成这样。有一件事是肯定的：他得知道自己都撒了哪些谎！所以他从小猪储钱罐里取了钱，一路跑去了超市，决定买一本笔记本。

超市里有三种尺寸的笔记本可供选择，封皮也有各种颜色。像埃尔维斯这种情况，黑色封皮最合适。不过尺寸就不好说了。小号的大概写不了多少内容，可大号的又写不满吧……

当然，这要看埃尔维斯怎么想了……

比如，他撒谎要撒到什么时候？总有个头儿吧！

可是话说回来，万一他和安娜罗萨一直没有被撞破呢？

万一希万阿姨不和妈妈八卦了呢？

唉，这种可能性很渺茫。希万阿姨迟早会发现的，只要一发现，她就会迫不及待地告诉妈妈。

所以中号的笔记本正合适。埃尔维斯付了钱，心满意足地回了家。

在这本笔记本上，他除了要一五一十地记下自己每天向妈妈撒的谎，还要列出他所犯下的所有罪。这是一项麻烦而琐碎的工程，但很有必要。

埃尔维斯在笔记本的扉页上，用黑色的粗体字写下“罪之书”这几个大字。这会是一本充满危险的本子。他该藏在哪儿才不会被别人看见呢？

要是里面的内容被妈妈读到了，那他就完蛋了。埃尔维斯有再大的胆子，也不敢把它放在家里。

最稳妥的方式就是随身带着。可他不能塞在书包里，风险太大了。

还好本子不大，他可以藏在衣服下面，只要不掉出来就行。最后埃尔维斯想了个法子，在笔记本上绑了根绳子，挂在脖子上。本子正好贴在肚子上，埃尔维斯能随时感知到它的存在。

不行，埃尔维斯写在本子里的内容不许任何人看！除了上帝。奶奶说过，上帝能看穿一切，而且还对人们犯下的罪特别感兴趣。上帝希望每个人都能坦白，从此改过自新。埃尔维斯也想改过自新——可要怎么做呢？他现在还没有答案。

自从有了这个本子，埃尔维斯的日子就变得难过起来。

每次，为了能安安心心地在罪之书上写点东西，埃尔维斯只能躲到厕所里，一躲就是好长时间。妈妈当然很疑惑。埃尔维斯把自己反锁在里面，妈妈就站在门口直犯嘀咕。

最后，埃尔维斯好不容易出来的时候，紧张得满脸通红，满头大汗。妈妈不起疑心才怪！她打量着埃尔维斯，无奈地摇了摇头。

他在捣鼓些什么？一个男孩子，把自己关在厕所里一个多小时！他到底在干什么？这孩子，该不是脑子有点问题吧！

这段时间以来，他一直都表现得很健谈、很开朗。当然他会在外面逗留到很晚，不过这个年龄的男孩子嘛，晚点儿回家也正常。只要埃尔维斯把自己的行踪都老老实实交代清楚，她也没什么可担心的。可他把自己关在厕所里这事，怎么想都不对劲！

唉，妈妈越想越生气！她本来觉得，自己的埃尔维斯慢慢开窍了，也会和妈妈谈心了，结果呢，他突然一个人在厕所里闷声不响！真搞不懂……

埃尔维斯也觉得很苦恼。有的时候，他坐在厕所里冥思苦想自己说过的谎话，妈妈在外面把门敲得震天响，一个劲儿问他出了什么事。他撒过那么多谎，小脑袋都快装不下了。埃尔维斯必须赶紧记下来，不然新的谎话和老的谎话全混在一起，连他自己都搞不清楚。

埃尔维斯晚上睡得越来越差。他经常会半夜醒过来，下意

111

识地摸一摸本子还在不在自己身边。他一般会把本子贴着墙边放，藏在枕头和床垫下面。埃尔维斯总担心本子会掉到地上，被妈妈发现，或是妈妈起了疑心，趁他睡觉的时候偷偷拿走本子。

晚上临睡前脱衣服的时候，早上起床后穿衣服的时候，埃尔维斯都会偷偷摸摸的，非要自己一个人躲起来。妈妈觉得特别可笑，她忍不住在电话里和那些阿姨说，埃尔维斯当着她的面换衣服，居然还会觉得不好意思呢。妈妈一边说一边嘻嘻直笑。随便她怎么说吧——只要不发现埃尔维斯的小本子就行！

这日子过得可真是折磨，埃尔维斯整个人都快崩溃了！

他的每一根神经都绷得紧紧的！每一天都心惊胆战，感觉像走在针尖上一样！谁知道会突然发生什么状况呢！每次电话铃响起来的时候，埃尔维斯都会一个激灵。完了！他心里默念着，肯定是希万阿姨打来的！他和安娜罗萨的事肯定暴露了！

妈妈很快就会知道，他今天回家说的故事其实是彻头彻尾的谎言。还有他之前编出的那些理由。妈妈再也不会相信他了。妈妈会把他关在家里，严防死守，从此剥夺他的自由。埃尔维斯谁都怨不着，只能怪自己。

埃尔维斯的忐忑和不安与日俱增。罪之书也起不到什么作用。他总担心自己忘了记下某一条谎话。保险起见，埃尔维斯把妈妈撒过的谎也写在了里面。既然自己是始作俑者，妈妈的谎话也该算在他的头上。

可无论埃尔维斯怎么做，他都觉得亏欠。他的负罪感越来越强烈，好像做任何事情都无法弥补。

这天，学校的一扇窗玻璃被打碎了。

老师问全班同学："有谁知道这是怎么回事？哪位同学有勇气站出来承认错误？"

埃尔维斯根本不知道老师说的是哪一扇窗玻璃，也不知道窗玻璃是谁打碎的。可他的一颗心突然剧烈跳动起来。老师说的那句话：哪位同学有勇气站出来承认错误？——就好像急切地等待回答一样。埃尔维斯觉得，回答这个问题的人不会是别人，只能是自己。

老师的声音显得严肃而郑重。

埃尔维斯定定地看着老师，举起了手。

"埃尔维斯……？"老师问，"关于窗玻璃的事，你知道什么吗？"

老师有些惊讶，因为对于这类事情，埃尔维斯通常一无所知。可今天，他霍的一下站起身来。

"是的。"他说，"这件事是我干的。"

他的声音沉稳而有力。教室里鸦雀无声，大家的目光都集中在他身上。

“怎么会是你……”老师似乎并不相信他的话。

“是我。”埃尔维斯说，“就是我。”

“小埃尔维斯，这到底是怎么一回事？”

老师一点儿也没生气，只是觉得担忧。她宁愿窗玻璃不是埃尔维斯打破的。

“我也不知道。”埃尔维斯暗暗松了口气，他总算说了句实话。

“算了，这不怪你。”老师急忙安慰他，“我知道……这件事我们等会儿再说。”

然后她向全班说，埃尔维斯勇于说出真相的行为值得表扬，这样不会让那些无辜的同学受到牵连。还好埃尔维斯及时站了出来，不然他们肯定会怀疑其他人。

“我会找其他老师谈谈，看看怎么解决这个问题。不过别担心，埃尔维斯，不会有什么严重后果的。”

老师柔声细语地安慰埃尔维斯，但埃尔维斯的心思完全不在这里。窗玻璃的事他才不在乎，不过其他同学很关心。一下课，大家就把埃尔维斯围了起来。

“你真傻！这件事可没那么简单！”

“老师打电话到你家里怎么办？”

“窗玻璃可贵了！”

“他们会让你赔吗？”

埃尔维斯说，他也不知道。

还好安娜罗萨今天没来学校。她要是在的话，可不会轻易被蒙混过去，肯定要刨根问底。安娜罗萨可不好对付。至于班里其他同学嘛，三言两语就打发过去了。

当然了，一想到回家后，要告诉妈妈自己打破了窗玻璃，埃尔维斯还是有些害怕的。不过事情要真是他做的，那就更糟了。埃尔维斯很清楚，打破窗玻璃的人并不是他！他不过是替人受过而已！他们想怎么骂他就怎么骂他好了，他是不会买账的。事情反正不是他做的。他无非就担一个骂名，自始至终，他都没做错什么。

可他该不该在罪之书里记上一笔呢？他没打碎窗玻璃，却主动承认了错误，这也算是向老师撒了谎吧？不过谎言和谎言还是有区别的。如果撒谎能让别人高兴，而自己受点儿委屈，那应该是一个善良的谎言吧？

不过话说回来……他之所以把打破窗玻璃的事揽下来，其实就是为了抢在上帝惩罚他之前，主动惩罚自己。也许看在他态度诚恳的分儿上，上帝会网开一面，对他从轻发落。但那样一来的话，他从撒谎中得到了好处，他的谎言也就变得不那么善良了吧？

埃尔维斯脑子乱糟糟的，被这些想法搅得心神不宁。他是打心底里希望，打碎窗玻璃的事能让他稍稍吃点苦头，这样良心上还能说得过去。

可埃尔维斯没想到的是，老师高高兴兴地回来告诉他，自己已经和其他老师谈过了。他们都觉得埃尔维斯很不简单，能鼓起那么大的勇气当众认错，所以这件事就不再追究下去了。以后大家也不提了，重要的是，其他同学没有受到冤枉。埃尔维斯也不需要赔窗玻璃的钱，学校也不会打电话给他妈妈。

事情的结果完全出乎埃尔维斯的意料。他不仅没受到惩罚，反而成了英雄。埃尔维斯有些懊恼，他越是想要改变命运，局面就变得越复杂。他内心的不安越来越强烈。一切似乎都在和他作对。

埃尔维斯心里很清楚，他唯一能做的一件事，却始终没做。他从没告诉过妈妈，自己和安娜罗萨·彼得松在一起，他怎么都开不了口。相比之下，打碎窗玻璃算什么！现在说什么都晚了。他陷入了绝望的旋涡，怎么都找不到出口。反正他自己是看不到……

日子一天天过去……什么事都没发生！

他撒谎要撒到什么时候？

不能这么下去了！

3 欢呼雀跃的小恶魔

安娜罗萨不想和埃尔维斯一起玩了。她不和他说话，不正眼看他，甚至连招呼都不打一声!

这就是上帝对他的惩罚!

埃尔维斯还以为，终结这场闹剧的任务又会落在希万阿姨身上。希万阿姨看见他俩在一起，然后跑去和妈妈嚼舌头。可他想错了。实际情况要糟得多。安娜罗萨主动疏远了他。

埃尔维斯没料到他们的友谊会以这种方式结束。他设想了其他所有的可能性，就是没预见到这个。

上帝真会开玩笑。

妈妈不相信上帝，可她相信因果报应。埃尔维斯现在懂了。

“犯罪本身就是一种惩罚！”妈妈经常对埃尔维斯这样说。但她没想过，这惩罚究竟是由谁来实施的。当然是上帝!

不过很显然，这一切都是埃尔维斯的错。他很清楚其中的关系：为了和安娜罗萨在一起，他只能对妈妈撒谎，所以安娜罗萨就成了那个惩罚他的人！

就是这样："犯罪本身就是一种惩罚！"上帝的安排太巧妙了！妈妈经常挂在嘴边的一句话是："种瓜得瓜，种豆得豆！"所以从他对妈妈撒谎的那一刻起，他就已经犯下了不可饶恕的罪，他纯属自作自受。

埃尔维斯知道，他已经学到了教训。教训他的人还不止妈妈一个。

事情就是这样的。他对妈妈撒谎的时候，肯定惹恼了上帝。现在上帝要报复他，报复的方式就是让安娜罗萨和他绝交。

"你真是我的讨债鬼，埃尔维斯！"这句话妈妈说过很多次。埃尔维斯很想知道，妈妈所谓造的孽，究竟是怎样的滔天大罪，可妈妈始终没说过。

有一件事是百分之百确定的：安娜罗萨什么都不需要知道。埃尔维斯一个字都不会对她说。如果告诉她，她所做的一切都是上帝对埃尔维斯的惩罚，那对她实在太残忍了。

埃尔维斯曾经听奶奶念过一句祷告词："上帝，你爱世人更爱我们小孩。"这种爱也太奇怪了吧！上帝没准儿嫉妒人们互相喜爱，而不只是爱他一个，所以他才会让相互喜爱的人突然反目成仇，对彼此进行惩罚，就像安娜罗萨现在这样！

他们两个每天都会在学校碰面，可安娜罗萨连眼睛都不眨一下，就这么直愣愣地走过去，好像埃尔维斯不存在似的。埃尔维斯有时盯着她看，可安娜罗萨权当他是空气。

埃尔维斯很想和安娜罗萨单独聊聊，可黑尔佳总跟在旁边。她和安娜罗萨两个人都对埃尔维斯不理不睬。

有一次，埃尔维斯差点儿和安娜罗萨撞了个满怀，他想，这回安娜罗萨总该看见我了吧？安娜罗萨的确看了他一眼，可旋即就把脸别了过去。安娜罗萨的表情很奇怪，目光直勾勾的，面部肌肉也很僵硬，就好像一只被做成标本的鸟——脑袋也不会转，眼睛也不会眨。

“你什么都不知道，笨蛋！”黑尔佳气鼓鼓地嚷嚷。

黑尔佳睁大了眼睛瞪着埃尔维斯。埃尔维斯没吭声。黑尔佳摇了摇头，叹了口气，那样子像是在说，埃尔维斯这个人已经无药可救了。然后她一字一顿地缓缓开了口，就好像面对的是一个到处惹麻烦、什么都不懂的小屁孩。

“我早告诉过你了——”她叹了口气，“我们要是不和你打招呼，看都不看你一眼的话，你也别跟着我们。你在我们身边晃来晃去的，要多烦人有多烦人。这话还要我说多少遍？”

“安娜罗萨刚才就看我了。”埃尔维斯反驳道。

“不可能，”黑尔佳说完，转头冲安娜罗萨问道，“你刚才看他了吗？”

安娜罗萨低着头，用一只脚的脚尖在沥青路面上画来画去，她始终一声不吭。

“我说的吧！”黑尔佳用胜利的口吻说道。

黑尔佳盯着埃尔维斯打量了片刻，目光里充满了异样的好奇。

“你最好还是认命吧，埃尔维斯·卡尔松。我们知道你的事……实在是太太太……可怕啦！”她一边说，一边把眼睛挤成一条缝。

然后，黑尔佳用胳膊勾住安娜罗萨的脖子，和她一起快步走开了。没走出两步，黑尔佳还扭过头来，用嘲笑的口吻对埃尔维斯丢下一句：“安娜罗萨不想和你在一起！懂吗？她一想到你就讨厌！”

自始至终，安娜罗萨都没说过话。她任由黑尔佳拖着她往前走，就好像完全没有自己的想法一样。可怜的安娜罗萨，她简直就是个受人摆布的布娃娃，不能反抗，也不能自己做主。

埃尔维斯站在原地，目送她们的背影消失在转角处。很显然，安娜罗萨并不清楚发生了什么事，也不想被牵扯进来，可她身不由己。这都是埃尔维斯的错，因为他从没大大方方地告诉妈妈，自己和安娜罗萨在一起。

埃尔维斯不仅背叛了安娜罗萨，还对妈妈撒了谎。最重要的是，他也欺骗了自己。这是不可饶恕的。

一天在学校里，老师读了一本书的节选片段给他们听。其中大部分内容，埃尔维斯已经不记得了，但有一句话他怎么都忘不掉：“对一个人最可怕的评价就是：如果他没被生出来就好了。”

这句话像闪电般击中了埃尔维斯。有人这么想过他吗？妈妈会不会认为……？

他反复咀嚼着这句话。现在，当他看着安娜罗萨的背影时，这句话又从脑海里浮现出来。

他已经被生出来了，这是不可改变的事实……

可如果他从来都没存在过呢？

那样的话，妈妈也好，安娜罗萨也罢，她们都不会知道埃尔维斯会是什么样子。

那样会比现在更好吗？

对于妈妈来说，她一旦拥有某样东西，就再也不肯放手。就算她不在乎，不喜欢这样东西，弄丢的时候还是会很伤心。除了旧到不行的破烂玩意儿，妈妈几乎不会主动扔掉任何东西。只要是妈妈有的，她都会物尽其用。不过话说回来，如果一样东西从来都不属于她，她从来都不知道它的存在，那也就谈不上怀念吧？

妈妈对埃尔维斯也是这个态度。现在，妈妈一点儿也不愿意失去埃尔维斯。上次埃尔维斯出车祸的时候，差一点儿就死掉了，妈妈担心得要命，整个人都快崩溃了。所以现在，无论埃尔维斯怎么调皮捣蛋，妈妈都只能默默承受着。

可是，如果他从没被生出来呢？

如果从一开始，妈妈就不要他了呢？

对于妈妈来说，她的生活会不会好一些？

妈妈自己也产生过这样的念头吗？

很有可能。

至少埃尔维斯这么想过，还不止一次。现在，他默默注视着安娜罗萨的背影，又一次坚定了这种念头。他觉得，自己就是个废物。他怨不到别人，只能怪自己无能。

一个活该倒霉的废物！没错，就是这样的。

可是！

每次他被妈妈批评或被要求罚站时，他内心深处总会有一个愤怒的小人，跳出来咆哮说，你说得不对！不是这样的！那声音久久回荡。

不过，他或许应该主动屏蔽掉那些声音。愤怒的小人代表着邪恶的自我，会引诱他误入歧途，所以埃尔维斯应该坚定立场，勇敢地与邪恶的自我抗争。

妈妈是这么说的，而且学校老师、外公外婆都这么说过。

只有爷爷不相信犯罪、惩罚、邪恶这些。他觉得，想那么多根本没必要。一个人做的事是好是坏，有没有伤害到别人，他自己总会意识到的。爷爷说，不用成天琢磨那些大道理，最重要的是相信自己。

可问题是——在这种严肃的人生哲理方面，爷爷的话有多少可信度？按照妈妈的说法，但凡是爷爷说的，一句都不能信。

不过说来也怪，和爷爷聊天的时候，埃尔维斯充满了前所未有的自信。他完全不觉得自己脑子笨，反应慢，或是傻乎乎的，他觉得自己又聪明又善良，做什么都得心应手。所以，埃尔维斯对爷爷的信任超过其他任何人。

埃尔维斯几乎可以肯定自己就是个活该倒霉的废物，想到这里，他不由有些沮丧。埃尔维斯没有片刻犹豫，第一时间跳上汽车，往爷爷家驶去。

今天是星期天，奶奶上教堂做礼拜了。

埃尔维斯和爷爷有充足的时间。他们去外面散了好大一圈步，观察雪地上动物的脚印。这是爷爷每个星期天的习惯，就像奶奶去教堂做礼拜一样。通过脚印，爷爷能够判断出动物的种类，它们从哪里来，又去了哪里。观察动物脚印是一件很有趣的事，就和读书差不多。爷爷将技巧耐心地教给埃尔维斯。

他们海阔天空地聊着。当听说埃尔维斯内心有个“愤怒的小人”时不时会跳出来咆哮反对时，爷爷停下脚步，将双手伸向天空，攥紧了拳头大声欢呼起来。然后爷爷将埃尔维斯举得高高的，冲他神秘地说，他内心肯定住着一个欢呼雀跃的小恶魔。

“你可得好好珍惜他，埃尔维斯！”爷爷说，“没有他的话，你绝对不是现在的模样。”

“一个小恶魔？”埃尔维斯吓了一跳。也对，那不就是他“邪恶的自我”吗？

可爷爷摇了摇头。

“不对，那是你‘坚强的自我’！”他说。

确切说，那根本不是什么“小恶魔”。爷爷之所以说得这么可怕，只是在和他开玩笑而已。

埃尔维斯平静了下来。玩笑归玩笑，爷爷的态度可是相当认真的。完全不像妈妈说的那样，爷爷灌了“迷魂汤”，就会满嘴胡说八道。今天爷爷一滴酒都没沾，只喝了咖啡。

“那儿有一列狐狸的脚印。”爷爷说。

他一点儿也不相信埃尔维斯有“邪恶的自我”。那才是胡说八道！爷爷说，要多看到自己坚强和积极的一面，而不要纠结于那些阴暗面。只有坚强和积极起来，让阴暗面无处可逃，才能彻底摆脱消极的情绪。

“那只可怜的狐狸追一只小猫来着，可最终还是没抓着。”爷爷边说边用烟斗柄指着雪地上的痕迹，“你看到了吗？”

埃尔维斯看见了。小猫爬上了一棵树。

爷爷对埃尔维斯撒的谎一无所知，他也不知道罪之书的存在。有些事情，埃尔维斯只能藏在心里，一个人面对。爷爷也这么认为。有的时候，爷爷帮忙的方式并不是毫无保留地施以援手，而是鼓励埃尔维斯自己解决问题。他相信埃尔维斯能行。不过，爷爷的鼓励也是一种帮忙，至少埃尔维斯知道，爷爷是相信自己的！

在这个世界上，埃尔维斯大概只会允许爷爷看罪之书里面的内容。如果爷爷也有这么一个本子的话，埃尔维斯肯定一点儿也不意外。爷爷说，他会将一些“垃圾情绪”暂时保留在心里，而不是一味宣泄出来。他相信，积极和阳光的一面终究会占据上风。总之，他是不会被郁闷和沮丧所左右的。

大大小小的脚印横七竖八地印在雪地上。埃尔维斯和爷爷低着头一路看一路走，试着从蛛丝马迹中还原出动物们在雪地上的活动。

“瞧，那是一只黄鼠狼的脚印。”埃尔维斯说。他的辨识能力就快赶上爷爷了。

“没错，那也是一个小恶魔。”爷爷说。

爷孙俩说着话，在空气中呵出一团团白气。埃尔维斯和爷爷互相看了看，然后哈哈笑起来。

“爷爷，你身体里也住着一个欢呼雀跃的小恶魔吗？”埃尔维斯问。

爷爷将头向后一仰，爆发出一阵爽朗的笑声。

“你就当我有好了，埃尔维斯！反正我也不打算甩掉他！”

埃尔维斯也开始喜欢上自己的小恶魔了。而且，他的眼前真真切切地浮现出小恶魔的样子：他有一只晃来晃去的小脑袋，一个滚圆滚圆的身体，一头乱糟糟的头发，还有两条短短的胳膊，正努力挥舞着。

爷爷将埃尔维斯举过头顶，高高抛向空中。埃尔维斯感到，小恶魔也跟着欢呼雀跃起来，为他绽放的生命而喝彩。

4 日子总得过下去

真搞不懂，这小子为什么总要找别扭！

他怎么就不能和其他孩子一样呢？雪橇、滑雪板、溜冰鞋，这些他都有！可他用它们做了什么呢？什么都没做！他就知道像只没头苍蝇似的晃来晃去！

妈妈透过窗户向外望去，好多孩子都在雪地里玩，他们的小脸蛋红扑扑的，开心地笑着、闹着，这一幕场景深深刺痛了妈妈的心。她的埃尔维斯也能像这样该多好！要是埃尔维斯开开心心地跑回家，小脸蛋红扑扑的，一个劲儿地嚷着肚子饿，那妈妈肯定会给他做好多好吃的，全都塞进他的嘴巴！妈妈会拍拍他的肩膀，亲亲他的红脸蛋，还会给他一个大大的拥抱。总之，怎么奖励他都不过分！一个正常的、健康的孩子！能给她带来快乐和安慰的孩子！哎，想想就让人高兴。

可是埃尔维斯呢，一看到这小子她就来气！他就像个游魂似的，脸色苍白，眼眶周围一圈乌青，整个人死气沉沉的。吃东西也提不起劲儿。他这是怎么了？

有那么短暂的一瞬，妈妈内心闪过一丝内疚。那个叫安娜罗萨的小女孩，就是她不准埃尔维斯跟着一起玩的那个，会不会是……

不可能！妈妈立刻打消了念头。这种想法太可笑了，埃尔维斯周围又不缺玩伴，再说他俩都分开好一段时间了，估计他早把那个安娜罗萨忘了。

肯定有别的原因！

他现在在忙什么呢？站在那边，抠烛台上的蜡油！真是无聊到了极点！妈妈简直要抓狂了！蜡油一旦沾在地毯上，就很难清除干净了。

“埃尔维斯！你不去雪地里和其他孩子一起玩吗？”妈妈问。

埃尔维斯背对着妈妈站着，一声不吭地继续抠蜡油。妈妈有些困惑。他到底听没听见自己说的话？

“埃尔维斯……你要不要……算我求求你……？”

埃尔维斯缓缓转过身，看着妈妈。

“好的，妈妈。”他顺从地说，“我这就出去。”

埃尔维斯听得出，妈妈的语气里充满了同情。他最受不了被别人怜悯了。当然，那里面除了同情之外，还有隐隐透出的怒气。

妈妈简直不敢相信自己的耳朵。她没想到埃尔维斯会这么听话。眼看着埃尔维斯默默穿好衣服，朝门口走去，妈妈又有点儿后悔自己刚才的态度。她慌忙拦下了埃尔维斯。

“你不带溜冰鞋吗？”

埃尔维斯摇摇头。

“你今天打算玩滑雪板吗？”

不，埃尔维斯什么都不打算带。

“那你在外面玩什么？”

埃尔维斯正在戴手套——外婆精心为他织的漂亮手套。妈妈很想叮嘱他，千万别把手套弄丢了。可她生生地把话吞了下去，而是用恳切的语气追问道：“那雪橇呢，埃尔维斯？滑雪盘呢？至少带上滑雪盘吧？”

埃尔维斯顺从地走进厨房，摘下挂在钩子上的滑雪盘。

“有好多孩子都在公园后面的山坡上玩。”妈妈说。

她不想让埃尔维斯离家太远。她必须掌握埃尔维斯的行踪。要是埃尔维斯能主动说当然最好，这样就省得她问了。

可埃尔维斯什么都没说。他站在门口，愣愣地看着妈妈。真不知道他的小脑袋里在琢磨些什么。那模样让妈妈联想起她童年时的一头棕色小马驹，倔强地杵在马厩里，透过栅栏朝她看。妈妈也不知道，自己为什么会这么焦虑，看见埃尔维斯在家无所事事就觉得心烦，可埃尔维斯一走，她又有点儿舍不得。

“你什么时候回家？”妈妈问。

“你让我什么时候回家，我就什么时候回家。”

“不用，不用！”妈妈直摆手，“你自己决定好了，玩尽兴了再回来！”

妈妈站在窗帘后面，看着埃尔维斯出了大门，然后走上街道。

她心里写满了问号：埃尔维斯怎么突然变得这么听话？他这是怎么了？他完全不顶嘴，原先调皮捣蛋的劲头都没了。

埃尔维斯应该很快就会回来吧……

妈妈叹了口气，拉上了窗帘。

埃尔维斯想不出来自己还能干什么。他对玩滑雪盘一点儿兴趣都没有，之所以带着，一来是妈妈的要求，二来滑雪盘比较轻，拿在手里不吃力。

太阳明晃晃地照着。这是一个美好的冬天——正如他和安娜罗萨所期待的一样：下了一场又一场大雪，可气温又不会太冷。确切说，冷得刚刚好，积雪不至于融化，出去玩又不会冻得瑟瑟发抖。待在社区农圃的小木屋里，甚至都不需要生火。

可安娜罗萨和埃尔维斯已经不在一起了。

埃尔维斯必须适应没有安娜罗萨的生活。

“日子总得过下去。”埃尔维斯记得，大人们总将这句话挂在嘴边，可他一直不明白其中的含义。

电光石火间，埃尔维斯顿悟了。有时大家提到爸爸早夭的小弟弟约翰，奶奶就会这么说。现在埃尔维斯才体会到，奶奶说这句话时的心情。

尽管埃尔维斯和安娜罗萨已经不在一起了，可是“日子总得过下去”。就是这样。

算了，他还是别多想了。反正想了也没用。

埃尔维斯转过一个又一个街角。他离家越来越远，都快要不认识路了。这种感觉真刺激，就好像置身于一个全然陌生的城市之中！他可以假装自己在找人，或是在甩掉别人的尾随。现在埃尔维斯一个人，他可以尽情发挥想象力，一切都由他自己说了算。

埃尔维斯时而慢慢吞吞地往前挪，时而撒开欢儿向前冲。他走得越远，就越觉得自由。埃尔维斯继续一个街角一个街角地转来转去，他不知不觉过了桥，来到小河的另一边。这下他彻底迷了路，完全辨不清方向了。不过没关系，走到哪儿算哪儿！

路灯一盏一盏地亮了起来。天就快要黑了。可埃尔维斯完全没有想回家的意思。

一个大公园赫然出现在他面前，这里位于城郊，埃尔维斯从没来过。他走进公园，里面一个人都没有。

埃尔维斯感觉自己仿佛登上了月球。他成了月球上唯一的一个人。他把滑雪盘挂在胸前，开始尽情奔跑起来，滑雪盘撞向膝盖，每跑一步，就响起咚的一声。

这一定是一个很大很大的公园！这样跑下去，能跑到公园的另一边吗？天色暗了下来，路灯间的距离拉得很长，要跑好一段才能再见到亮光。在皑皑白雪的映衬下，光秃秃的树枝显得黑黢黢的。埃尔维斯加快了脚步，滑雪盘越发频繁地敲打在膝盖上。除了咚咚声之外，其他什么动静都没有。

就在这时，埃尔维斯看见树丛中晃过一个身影！

公园里还有别的人！对方朝着埃尔维斯直直地走过来。离家这么远，埃尔维斯连自己在哪儿都不知道，况且又是孤零零一个，冷不丁地出现另一个人，感觉总有点儿怪怪的。埃尔维斯倒没觉得特别害怕，但本能地不想和对方碰面，于是他往旁边一闪，拐上了另一条路。

可他很快又改主意了。他不希望让对方看出自己在逃避。埃尔维斯又拐了过来，回到原来的那条路上。现在，他和那个陌生人正向彼此走去，虽然还隔着一段距离，但最终是会碰面的。

他们两个越走越近。埃尔维斯渐渐放缓了速度，滑雪盘敲打在膝盖上的次数也越来越少。就在快要撞见的那一刻，对方突然停下了脚步。埃尔维斯也停了下来。

天色已经很暗很暗了，最近的路灯距离他们还有好长一段。他们在彼此的眼中只是一个黑乎乎的影子，中间还隔着一个小雪堆。

对方朝旁边跨了一步，离开原来的路，绕过雪堆朝埃尔维斯跑了过来。

埃尔维斯僵在原地，一颗心就快跳到嗓子眼儿了。他的双脚就像麻痹了一样，动弹不得。

直到对方一个趔趄，重重地跌在雪地上，埃尔维斯才如梦初醒般地浑身一个激灵，然后拔脚就跑。

可他为什么要跑？他是预感到危险了吗？埃尔维斯不知道，他也顾不上多想，只是拼命想要逃离这里。

他把滑雪盘甩到一旁，这样跑起来的时候，滑雪盘就不会咚咚咚地往膝盖上撞了。埃尔维斯不敢回头，竖起耳朵紧张地留意身后的动静，生怕自己被盯上。

埃尔维斯一直往前跑，周围静悄悄的，只能听见他自己的喘气声。过了好一会儿，埃尔维斯才停下脚步，四下张望起来。

还好，没有人跟上来。公园里又恢复到空荡荡的模样。除了他自己，其他一个人都没有。

四周是那么安静，安静到令人觉得不安。这种感觉太不真实了。埃尔维斯觉得眼前一片黑暗，前所未有地孤单。

这究竟是个什么公园？

他是不是永远也走不到头？

一棵棵大树仿佛一具具黑色的骨架直插天空。

那个不小心摔倒在地，继而消失不见的陌生人——他怎么样了？他后来去了哪儿？

有没有可能，那只是埃尔维斯的幻觉？那个陌生人其实是个影子？

埃尔维斯的脑海里涌现出各种各样可怕的念头。

不行！他必须得走出公园。一刻都不能耽误！

眼前的一切死气沉沉的。埃尔维斯究竟是怎么走到这里来的？他会不会出事了？比如，他自己其实也是个影子？他在之前的某一个街角出了车祸，死掉了！可他还浑然不觉！然后就晃晃悠悠地飘了过来！落在了这个地方！

他没准儿已经在冥界了。天哪，他该不会像个幽灵似的永远在这里游荡下去吧？他的两条腿酸得都快失去知觉了！

埃尔维斯的心怦怦直跳，猛烈地震荡着鼓膜。这么想来，他应该还没死吧？死人的心是不会跳的吧？

他这么琢磨着，脚下一滑，差点摔了一跤。厚厚的积雪下面结了硬硬的一层冰。埃尔维斯害怕极了。他倒在这里的话，一个人都不会知道。万一这下面藏着一个深深的黑洞呢？那他不就从此在这个世界上消失了吗……埃尔维斯倒吸了一口凉气。

他面前突然出现了一个人！

埃尔维斯膝盖一软，结结实实地坐在了地上。

四周一片漆黑。埃尔维斯什么都看不见。他只能听见黑暗中传来的呼吸声——他自己早就吓得大气都不敢出，那一定不是他的声音。

对方哧的一声划亮了一根火柴。就着摇曳的微弱火苗，埃尔维斯看见了一张脸。火柴很快熄灭了。但埃尔维斯认出来了！这张脸他曾经见过。他知道出现在自己面前的人是谁。

埃尔维斯缓缓站起身，对方又划亮了一根火柴——这一回，火光将埃尔维斯的脸映了出来。

“你叫埃尔维斯·卡尔松。”他听见对面传来一个声音。

火柴又一次熄灭了。

“你认出我来了吗？”那个声音继续问道。

埃尔维斯在黑暗中点了点头。他的呼吸急促起来，一个字都说不出来。

“我们结伴走一段吧？”对方说完，将胳膊搭在埃尔维斯的肩膀上，搂着他往前走去。他的个头比埃尔维斯要高，另一只手里拿着一只黑色的大塑料袋，脚步很快，一路都在喘着粗气。

埃尔维斯已经不害怕了，他知道自己身边的人是谁。

“你在这儿干什么？”过了一会儿，对方突然问道。

“不干什么。我迷路了。”埃尔维斯答道。

“我帮你找到回去的路！”

他的胳膊用力一箍，和埃尔维斯又靠近了些，声音沉稳有力。前面就是一盏路灯。埃尔维斯很想停下脚步，仔细看看彼此的模样。可对方搂着他从路灯旁边绕了过去，巧妙避开了光晕。看样子，他似乎很怕见光，而且一直不安地东张西望，就好像生怕有人突然从黑暗中蹿出来一样。

埃尔维斯渐渐被他的不安情绪所感染。就在这时，对方突然开口说道：“公园里就你和我两个。其他人不会发现我们的。”

“这公园能走到头吗？”埃尔维斯问。

“当然能。”

他们又走了一段。他突然停下来，朝前迈了一步，然后转过身，和埃尔维斯面对面站着。埃尔维斯的眼睛已经适应了黑暗的环境，也能看出对方的模样了。还没等他反应过来，对方冷不丁问道：“你能帮我个忙吗？”

“如果我能做得到的话，当然可以。”

“不是什么难事。你拿上这个就行了！”

他将手里的黑色塑料袋递给埃尔维斯，然后朝远处一指：“看到了吗，有亮光的地方，那就是公园的出口。朝着那个方向一直走就行！过马路的时候，你留意一下左手边的街角，那里停了辆汽车，一辆黄色的汽车。你记住了吗？”

埃尔维斯顺着他手指的方向看去，那里果然亮起隐约的灯光。他记住了：过马路，左手边，一辆黄色汽车。

“汽车里坐着两个男孩。你过去把这个袋子交给他们，然后帮我带句话，就说是……”

“芒努斯·林德！”埃尔维斯抢着答道，他想要证明自己也是认得出对方的，就像对方能报出埃尔维斯·卡尔松的名字一样。

“你是从哪儿知道的？”

对方的声音突然变得冷漠起来。

“上次你说的……”埃尔维斯刚起了个头，却被对方生生打断了。

“对，是我说的，西格 · 贝里隆德！”

“不对啊，你不是说……”

埃尔维斯被搞糊涂了……他知道对面的人就是芒努斯 · 林德。他们一共见过两次。第一次是大雾天，第二次是个雪天。两次都是意外撞见的。他们虽然互相不认识，但却稀里糊涂地交换了姓名。埃尔维斯无数次地想起过他。他知道自己是不会记错的，眼前的人就是芒努斯 · 林德。

对方突然冲他笑了。

“你肯定在做梦。”他说，“就照我说的做，跟他们说，东西是西格 · 贝里隆德让你带的。”

他在埃尔维斯背上轻轻捶了一下，然后露出一个无比灿烂的笑容。埃尔维斯低着头，一声不吭，一只手拿着黑色塑料袋，另一只手拿着滑雪盘。他知道自己肯定没有记错。

“再见。”他说完，本能地向后退了一步。

“再见。赶紧去吧。告诉那两个男孩，让他们送你回家！就说是我说的！”

他朝埃尔维斯挥了挥手，脸上的笑容显得格外明亮和温暖。埃尔维斯两只手拎着东西，没法冲他挥手，只好点点头，然后往亮光的地方走去。没走出几步，埃尔维斯忍不住回过头看了看。芒努斯 · 林德还站在那里，目送他离开。

“赶紧跑啊！”他说，“我们说不定还会见面的！”

埃尔维斯跑了起来。等他再次回头张望的时候，对方的身影已经完全消失在黑暗之中。

埃尔维斯顺利跑出了公园，找到了那辆黄色小汽车。他将西格 · 贝里隆德的话带到后，坐着汽车回了家。

可他百分之百确定，自己见到的就是芒努斯 · 林德。

5 “两个”新朋友

就快要七点了。埃尔维斯到家的时候，妈妈担心得脸都白了。埃尔维斯在外面一兜就是好几个小时。

妈妈睁着一双好奇的眼睛，耐心地等埃尔维斯先开口，这回不知道他又有什么“奇遇”呢？可埃尔维斯毫无察觉，他完全忘了他们之间的默契：每次晚回家的时候，他都会给妈妈编一个故事。现在，埃尔维斯满脑子想的都是他自己。

他和芒努斯·林德之间发生的事实在太不可思议了！他们一连偶遇了三次。现在回想起这一切，埃尔维斯还觉得像在做梦一样。

回家的过程也很不真实。埃尔维斯说，东西是西格·贝里隆德托自己带过来的，车里两个男孩默默地点了点头，然后接过黑色塑料袋，一句话都没说。袋子沉甸甸的，埃尔维斯很想知道里面究竟装着什么。然后，埃尔维斯说，西格让他们送他回家，两个男孩于是打开车门让他进去，自始至终没说一句话。

他们两个的年龄都比芒努斯要大，但是看样子，一切都是芒努斯说了算，他俩只有乖乖听话的份儿。

埃尔维斯坐进车后座，两个男孩一个负责开车，另一个坐在副驾驶的位置上，彼此之间也不说话。埃尔维斯报出了自己的家庭住址，负责开车的那个男孩猛踩一脚油门，汽车以风驰电掣般的速度冲了出去。他们一路上都没开过口。在距离家还有一个街区的地方，埃尔维斯说自己想在这里下车，他不愿被妈妈看到自己是坐车回来的，然后又狂轰滥炸地问一通。

那两个男孩立刻停了车，把埃尔维斯放下来。他们一句再见也没说，甚至连看都没看他一眼，又是一脚油门，埃尔维斯还没来得及眨眼睛，汽车已经消失得无影无踪。

“埃尔维斯，你的滑雪盘哪儿去了？”耳边突然响起妈妈的声音。

滑雪盘？什么意思？埃尔维斯一头雾水。

“对啊，滑雪盘，你不是带出去玩的吗？”

埃尔维斯的脸唰的一下白了。真倒霉！现在他想起来了——滑雪盘落车里啦！他顺手放在了后座上，下车的时候忘拿了。他该怎么和妈妈说？总不能说弄丢了吧。滑雪盘那么大，也不容易丢啊。

“是西格……”埃尔维斯听见自己的声音。

“西格……？”

“是啊，滑雪盘被他借走了。”

“谁是西格？”

“我的一个朋友。”

妈妈目光灼灼地盯着埃尔维斯，心里暗暗想：真是埃尔维斯的典型做派。要说埃尔维斯把自己的东西大大方方地送了人，她一点儿都不会意外。还好只是滑雪盘而已！换作是溜冰鞋或者雪橇，他一样能送得出手。上次他不是就把自己的玩具都送同学了吗？

“他打算什么时候还回来？”妈妈问。

“明天……”

“你确定自己没有把滑雪盘送人吗？”

“确定啊。西格就是借去玩玩。”

“我说小埃尔维斯，那个西格把你的滑雪盘借走了，你玩什么呢？”

“我借了芒努斯的滑雪盘。”埃尔维斯直视着妈妈的眼睛，回答道。

别人都说，一个人撒谎的时候是不敢直视对方眼睛的，埃尔维斯正相反。他看向妈妈的目光从没这么坚定过。

“芒努斯……？我没听你提过这个名字啊？”妈妈说，“他又是谁？”

“我另一个朋友。”埃尔维斯说。

“是吗，这可真是……”

妈妈一脸疑惑地看着他。埃尔维斯从没说过他有这么多朋友。

“你和他们认识很久了吗？”

“是的，非常久！”

“是吗……”

听着还不错，可既然有朋友一起玩，埃尔维斯干吗还要待在家里无所事事？

“那你以前怎么没找他们玩呢？”

“他们出远门了。”

“去了那么久？”

“对，他们去美国了。”

“这样啊……”

“嗯，芒努斯先去的，然后是西格。”

“他们两个是兄弟吗？”

“是的。他们两个长得很像。”

“他们该不会是双胞胎吧？”

妈妈的情绪再次高昂起来。那个开朗健谈、愿意向她敞开心扉的埃尔维斯又回来了。

对，没错。西格和芒努斯是双胞胎。埃尔维斯说，他们两个从外表上基本看不出区别。

“那他们肯定是同卵双胞胎。”妈妈笃定地说，“同卵双胞胎长得都一模一样。”

对，就是这样的！他们两个就是一模一样。埃尔维斯肯定地附和道。

“那他们的爸爸是做什么的？”

“哦，他啊……”

埃尔维斯陷入了沉思，他一时想不出合适的答案，一个能让妈妈认可的职业。

“他总是不在家。”埃尔维斯含混不清地敷衍着。

“你的意思是，他经常出差吗？”

对，就是这个意思。埃尔维斯点了点头。他经常出差，还是坐飞机的那种。

“是吗……我本来以为他可能是做生意的。不过既然是坐飞机的话，那他很可能是一名飞行员。你知道吧，就是开飞机的。”

埃尔维斯连忙点头。既然妈妈这么说了，那他就不是做生意的，改开飞机好了。

“对，没错。他是飞行员。”

“我们飞去加那利群岛那次，该不会就是他开的飞机吧？”妈妈说，她开始兴奋起来，之前的担心和焦虑一扫而空。每次回忆起加那利群岛的度假之旅，妈妈都会笑得一脸灿烂。这次也不例外。她经常会提到度假过程中的种种细节，不过有时也会叹气。埃尔维斯知道，妈妈很想再回到那里。

“开飞机的那个人，他长什么样？”埃尔维斯问。

是啊……他长什么样？妈妈陷入了沉思，努力在脑海里勾勒出他的形象，眼睛里闪着梦幻的光。

“他个子很高，头发是浅色的，发型还挺酷。”

“芒努斯的头发也是浅色的。”埃尔维斯说，“西格也是。”

“我记得他的腰板总是挺得笔直，显得身材特别挺拔。”

埃尔维斯点点头。没错。芒努斯和西格也是这样的。

“他还有一口整齐洁白的牙齿。”妈妈说。

“那一定就是他了！”埃尔维斯笃定地说，“他经常飞去加那利群岛。”

“他驾驶的是一架道格拉斯DC-3型飞机？”

“对，就是它！”

“你是说真的吗？这世界可真小！”

妈妈迈着轻快的舞步跳进了厨房。她给埃尔维斯煮了热巧克力，做了三明治，还在他脸上亲了一下。埃尔维斯的脸色已经恢复了红润，食欲也不错。看着应该没什么问题了。再说，他还有那么多朋友呢！

“你可以请西格和芒努斯来家里玩，埃尔维斯。”妈妈提议，“我们家的大门永远对你的朋友敞开！”

“哦……”

妈妈疑惑地看了看他。埃尔维斯似乎没什么兴趣嘛！他不想请朋友来家里玩吗？是不是觉得难为情？比如，她招待得不够热情？或是家里布置得不够漂亮？

“我会买小圆面包回来的，他们肯定很喜欢吃。”妈妈努力挤出一个微笑。

“哦。”埃尔维斯又应了一句。

“你觉得这主意不好吗？”妈妈问。

埃尔维斯想了一下。

“好是好。”他说，“不过他们更喜欢吃甜筒冰激凌。”

埃尔维斯不知道自己怎么会冒出这么一句。他没有让妈妈去买甜筒冰激凌的意思，他自己就不是很爱吃。简直是莫名其妙！

妈妈叹了口气，但没有丝毫埋怨的意思。

“看来家里得准备点甜筒冰激凌了。”她说，“不过还是现买的比较好吃吧。”

妈妈揉了揉埃尔维斯的头发，对他的坦诚表示很满意。

可紧接着的下一秒，埃尔维斯就溜进厕所，把自己反锁在里面，半天都不出来。

妈妈站在厕所外面敲了敲门。

“你怎么啦，我的小埃尔维斯？”

里面一点儿动静都没有。妈妈只好回到厨房洗碗去了。

真搞不懂！

埃尔维斯坐在厕所的地上，在罪之书上写个不停，紧张得满头大汗。

他又要开始撒谎了吗？

好不容易才消停了一阵子！他觉得沮丧极了，怎么才刚出门一会儿，他就得编出各种各样的谎言向妈妈交代？

以前不是这样的！他究竟是怎么了？是中了邪还是着了魔？

还有滑雪盘！

他要怎么才能拿回来呢？

6 滑雪盘回来了

一连过了好几天。埃尔维斯放学一回家，妈妈就要问他滑雪盘的事。

第一天，埃尔维斯说西格想要多借一天；第二天，埃尔维斯又说西格把滑雪盘忘在家里了；到了第三天，妈妈严厉地瞪着他。

“你给我说实话，埃尔维斯。你是不是把滑雪盘送出去了！你别动歪脑筋，净想着糊弄妈妈。”

他们面对面坐在餐桌边。埃尔维斯偷偷瞥了妈妈一眼，妈妈看起来并不像很生气的样子。于是埃尔维斯心想，让妈妈这么以为也不错，反正滑雪盘他是拿不回来了。再说，无论是多糟糕的事，只要妈妈说对了，或是占了上风，她都会很高兴的。

“是的，妈妈。”埃尔维斯最后还是承认了，“我把滑雪盘送给西格了。”

“我就知道！你要是一开始就说实话多好，也省得我每天追着你问东问西。”

妈妈完全没有要发火的意思，她只是耐心向埃尔维斯解释说，实话实说有多么重要——就算是为了埃尔维斯自己着想吧，他也不想听妈妈唠叨吧。这么说他总能理解吧？

“对吧，小家伙？以后别再对妈妈撒谎了，好吗？”妈妈的语气温柔而恳切，让埃尔维斯有些不知所措。

妈妈说得对，不能再这样下去了。妈妈坐在那里，一脸和善，听着埃尔维斯胡编乱造，还以为他说的都是实话呢。

“小宝贝，妈妈的小埃尔维斯。”妈妈亲昵地拍了拍埃尔维斯的脸颊，“别一副愁眉苦脸的样子！妈妈已经原谅你啦。这事就算过去了，以后谁都不许提！”

妈妈从冰箱里拿出冰激凌递给埃尔维斯，然后主动聊起别的事。她最近读了一本关于儿童心理学的书。书是希万阿姨推荐的，据说里面对如何抚养和教育孩子颇有见地，还真有点儿道理。妈妈对自己的表现很满意。她完全在心理上占据了上风。很显然，埃尔维斯感到内疚不已，后悔自己对妈妈撒了谎。这小子总算上道了！看来他也是能学好的嘛，前提是要运用正确的教育方式——就像现在这样！写这本书的人还挺有能耐的！

妈妈冲埃尔维斯笑了笑。

“我的小埃尔维斯！妈妈会给你买一只新的滑雪盘的！这是对你诚实的奖励。”

不！不！埃尔维斯不想要新的滑雪盘！这事变得越来越离谱了！

“我的小可爱，妈妈都说了，妈妈已经原谅你啦！你怎么了，小家伙？一只滑雪盘能花几个钱，不用太放在心上。”

妈妈抱了抱他。这时电话铃响了，是外婆打来的。妈妈告诉外婆，埃尔维斯有多么单纯和天真，一点儿也不像她们以为的那样会要心眼儿。埃尔维斯稍稍动了点歪脑筋，被妈妈揭穿后，立刻变得又羞愧又后悔。

埃尔维斯用手捂住耳朵。可妈妈的说话声越来越大，她想让埃尔维斯听见自己是怎么和外婆夸赞他的。埃尔维斯从妈妈身边跑了过去，妈妈神秘地一笑，捂住话筒对埃尔维斯说，外婆也觉得他傻乎乎的。

埃尔维斯感觉糟透了。他钻进厕所，把这一切都原原本本地记在了罪之书里面。他用一支黑色的钢笔，把整张纸写得黑压压一片。自从记录谎言以来，他用完了好几支笔，本子都快被他写满了。

在短短的时间里，埃尔维斯的良心承担了太多的压力，常常让他喘不过气来。可他只能将所有罪恶记录下来，这样良心才不至于泯灭。这无疑是一项浩大的工程。

可最让他痛苦的是，他总觉得从某种程度上来说，自己算是被骗了。他总被骗进各种各样的陷阱——那些怂恿他撒谎的隐形陷阱。一旦他打算做点儿什么，陷阱就出现了！他总会跌进里面，只有靠撒谎才能保全性命。他就是这种感觉。他不知道是谁设置的陷阱，等他意识到的时候，陷阱已经近在眼前了。

埃尔维斯不知道，其他孩子是如何应付这种状况的。他们难道从来不需要撒谎吗？他们是如何躲过一个又一个陷阱的？还是说，他们根本不会碰到任何陷阱？那样的话，生活一定很轻松……

不过对于安娜罗萨来说，生活从来都不轻松。埃尔维斯知道，安娜罗萨和自己的情形差不多。她的脸上总浮现出一种微妙的表情。起初埃尔维斯并不知道原因。和她熟识之后，埃尔维斯才明白，安娜罗萨的内心藏着忧伤。就像奶奶，谁都能看出来，失去约翰对她造成了沉重的打击。安娜罗萨也一样。

安娜罗萨也失去了自己的亲人，她的爸爸。不过安娜罗萨的爸爸不像约翰那样早早离开了人世，他还活着。所以，安娜罗萨其实是可以和她爸爸在一起的，前提是她妈妈愿意。可是奶奶再也没有机会见到约翰了，因为约翰已经不在了。奶奶对此无能为力。可安娜罗萨总觉得自己可以做点儿什么，说不定爸爸就能回来了。要是爸爸不再喝酒该多好！要是妈妈能重新喜欢上爸爸该多好！安娜罗萨告诉埃尔维斯，这些念头在她脑海里挥之不去。埃尔维斯完全能理解那种感觉。

埃尔维斯总想，安娜罗萨和他在一起，应该会变得快乐一些吧。奶奶就经常说，多亏有了埃尔维斯，她想到约翰的时候就不那么难过了。

可事实并非如此。

埃尔维斯失去了安娜罗萨。

也就是说，埃尔维斯的内心也藏着忧伤，一种别人无法体会的忧伤。

妈妈对此一无所知。也没必要让她知道。

不过，就是因为这个，埃尔维斯现在的生活完全变了样。他怎么做都是错，怎么做都不对劲。

如果一切能如他所愿，罪之书根本没有存在的必要。如果妈妈不反感安娜罗萨，如果安娜罗萨的妈妈喜欢安娜罗萨的爸爸，如果黑尔佳不和埃尔维斯作对，如果埃尔维斯也不讨厌黑尔佳——那生活该有多美好！可现在根本不是这么一回事……

生活于是变得困难重重。

不过话说回来，既然已经都这样了，他就只能学着适应吧？

埃尔维斯翻到罪之书的最后一页，画起了小人。他画得很仔细——一个胖乎乎的小人，头发乱糟糟的，攥紧了拳头，将两条短短的胳膊举得高高的。小人圆滚滚的身体里充满了愤怒，就像随时要爆炸一样。埃尔维斯很满意，对，就该是这样！

这就是他身体里那个“欢呼雀跃的小恶魔”，就叫他小欢好了。埃尔维斯在小人的下面写了两个大大的字：小欢。

一千年以后的人们发现这个本子的时候，肯定会很好奇：小欢是什么意思？

第二天放学之后，埃尔维斯正准备回家，可没想到，校门外居然有人在等他。是芒努斯 · 林德。

“你忘了这个。”芒努斯边说边将滑雪盘递到埃尔维斯面前。

芒努斯一副不紧不慢的样子。他站在校门口和埃尔维斯聊天，问他上哪个年级，在哪个班。芒努斯自己就读于城市另一头的一所学校。他说，他很快就要十五岁了。

过了一会儿，埃尔维斯朝家的方向走去。芒努斯 · 林德陪他走了一段。一大群男孩远远地跟在他们后面，不时交头接耳，脸上写满了好奇和羡慕。埃尔维斯感到很骄傲。那些男孩显然很崇拜芒努斯，一来是因为他来自另一所学校，二来芒努斯的年龄也要大很多。埃尔维斯真希望安娜罗萨和黑尔佳也能看见自己现在的模样。

“要是那些男孩问起我的名字，”芒努斯边说边用大拇指向后一指，“你该怎么回答？”

埃尔维斯没吭声。他很清楚对方心里的小算盘！出于某种神神秘秘的原因，芒努斯 · 林德非要别人喊自己西格 · 贝里隆德。

“不知道。”埃尔维斯最后憋出一句。

他不喜欢这个问题，下意识地避开芒努斯的目光。

“我就叫西格呀。”芒努斯 · 林德看着埃尔维斯的眼睛，朝他笑了笑。那是一个明亮而温暖的笑容，埃尔维斯受到了感染，心情也明朗起来。可他还是摇了摇头，严肃地说道：“不，你不叫西格。不过你非要那么说的话，我就这么叫你好了。”

“没问题！”芒努斯说，“你说是什么就是什么吧。那我们现在算是朋友了吗？”

朋友！埃尔维斯心里暖暖的。芒努斯 · 林德想和他做朋友？是真的吗？他冲埃尔维斯笑得那么灿烂。埃尔维斯不由仔细打量着他的模样。芒努斯有一头浅色的头发，额头前和鬓角边都打着卷儿。他的面孔窄窄的，嘴唇薄薄的，鼻梁高高的。不过最引人注意的还是他的一双眼睛，它们又清澈又明亮。芒努斯微微仰起头，整张脸仿佛变成了透明的一样。天空完完全全映照在了他的双眼之中，闪着晶莹剔透的光亮。

“知道吗，埃尔维斯，你可以帮我不少忙呢。”芒努斯 · 林德说了一句。

埃尔维斯光顾着盯着他看了。他完全陶醉在芒努斯那双明亮的眼睛之中，胸中洋溢着幸福和喜悦。他高兴得简直说不出话来。

芒努斯将手搭在他的肩上。

“你可以吗？”他问，“你会帮我吗？”

埃尔维斯默默点了点头。芒努斯往后退了一步。

“太好了，埃尔维斯！太好了！至于怎么个帮忙法，下次我再告诉你。再见！我们……下次见！”

芒努斯朝他挥了挥手，然后穿过马路到了另一边。他好像突然想起了什么事，显得神色匆匆，一眨眼就不见了。埃尔维斯都没看到他是往哪条路走的。

埃尔维斯内心一阵激动。他有朋友了！一个朋友！

可紧接着，他的眼前又浮现出安娜罗萨的脸，一颗心不由刺痛起来。埃尔维斯甩了甩脑袋，将那张脸从眼前抹去，然后攥紧拳头，冲滑雪盘狠狠挥了一下，滑雪盘发出咚的一声闷响。

埃尔维斯一边哼着小调，一边往家门口走，还时不时敲着滑雪盘拍打出节奏。他唱着自己编的歌：日子总要过下去！日子总要过下去！过下去呀过下去！稀里哗啦过下去！呜里哇啦过下去！

门开了，妈妈站在门口。

“小家伙……？”

她手里拿着一只好大的包裹。

埃尔维斯硬生生闭了嘴，妈妈狐疑地打量着他，目光落在滑雪盘上。

“埃尔维斯……你不是说你把滑雪盘送人了吗？”

妈妈无措地看了看自己手上的包裹。

“是啊……可是芒努斯说，应该把滑雪盘还给我才对。西格可以借他的玩，所以今天，他就带过来了……”

“这样啊……”妈妈一脸失望。她特意去商店，给埃尔维斯买了一只新的滑雪盘。妈妈把包裹放在沙发上。真失败！她本想给他一个惊喜的，结果却搞成了这样。妈妈本来是满心期待的……希万阿姨推荐的那本儿童心理学的书上不是说……可谁能想到呢？现在该怎么办？书上也没写答案啊！

唉，还是别指望了……妈妈叹了口气……所谓儿童心理学，针对的也是普通的、正常的孩子吧。像埃尔维斯这种，估计儿童心理学家都没见过。

妈妈拿起包裹，将它放在门厅的一张椅子上。

“我看我还是拿回去退掉好了。”她说完又叹了口气。

埃尔维斯一阵内疚，这都是他的错。他埋怨自己考虑不周。既然他都说了，自己把滑雪盘送了出去，干吗还要傻乎乎地把它带回家呢？

妈妈又叹了口气。

“这次我还特意挑了只蓝色的。”她说。

埃尔维斯的旧滑雪盘是红棕色的。

“是那种天蓝色的吗？”埃尔维斯问。

“是啊。”妈妈说，“那颜色可好看了。”

埃尔维斯想了一下。

“能给我看看吗？”他试探地问。

“我不知道……”妈妈还有点儿沮丧。他的旧滑雪盘又回来了，事情完全变了味儿。可她还是走到门厅，把包裹拿了过来，然后有些犹豫地递给埃尔维斯。她这么做对吗？可收到包裹总是开心的吧。妈妈心想，小孩子拆大包裹，那无论如何都是一幅温馨可爱的画面。

新的滑雪盘是纯正的天蓝色，还泛着亮亮的光。

“真好看！”埃尔维斯欢呼起来，他用手小心翼翼地触摸滑雪盘的表面，“好滑啊！”

旧的那一只表面已经磨得不像样子了，毛毛糙糙的，还有些凹凸不平。

“你想要这只吗？”妈妈问。

埃尔维斯当然想。

妈妈又高兴起来。虽然有点波折，但结局似乎也没有那么糟糕嘛。

“你可以告诉西格，妈妈给你买了一只新的滑雪盘。旧的那只就送给他好了。”妈妈说。

好的。埃尔维斯明天就告诉西格。

“那给妈妈抱一下吧？”

当然，埃尔维斯扑进妈妈怀里。

“那给妈妈亲一下吧？”

当然。埃尔维斯让妈妈在脸上亲了一口，他也亲了妈妈一下，感谢妈妈送他天蓝色滑雪盘。

不过之后，他又把自己锁进了厕所里。

妈妈站在外面敲了敲门。

“那对双胞胎兄弟还挺有意思的。”她说。

“是啊。”埃尔维斯答道，“芒努斯和我是朋友。”

“那西格呢？”

“也算吧。不过我和芒努斯是先认识的！”

这句倒是实话。埃尔维斯的确是先认识芒努斯的。

7 一封来信

“看！埃尔维斯，有你的信！”

妈妈一脸好奇，迫不及待地迎了上来，手里的白色信封上贴着邮票，还用绿色水笔写着埃尔维斯的名字和家庭住址。妈妈将信递到埃尔维斯手里。

“你觉得信会是谁写来的？”

妈妈手里拿着一把黄油刀，主动提出可以帮埃尔维斯将信拆开。她急着想要知道答案，甚至忘了叮嘱埃尔维斯脱掉鞋子。

“上面没写寄信人的信息嘛。”妈妈说，“等拆开信就知道了！”

可埃尔维斯想要自己拆信！他踩着满是雪的靴子直接进了厨房。说不定是芒努斯·林德寄来的！他不是说下次会告诉埃尔维斯应该怎么帮忙吗？信里面写的，没准儿就是这个内容。

妈妈拿着黄油刀站在厨房门口，脸上写满了期待。可是，由妈妈来拆信肯定不是一个好主意，万一里面藏了什么秘密呢？不管怎么说，埃尔维斯得先看过再说。他从妈妈手里拿过黄油刀。

“我可以自己拆的！”他说，“这是我的信！”

“当然，小家伙。我没打算抢你的信。不过你用小刀划开的时候当心点儿，千万别弄破信纸。”妈妈一边嘱咐，一边盯着埃尔维斯用黄油刀划开信封。

“我可以看看信是谁写的吗？”眼见着埃尔维斯拆开了信封，妈妈试探地问道。

可埃尔维斯没有立刻将信纸抽出来。他将信封紧紧捂在胸口，然后跑进卧室。妈妈的目光始终紧紧追着他不放。

“信是写给我的，”埃尔维斯说，“应该由我先看。”

妈妈慢吞吞地跟了过去。她突然大叫起来：“埃尔维斯！我的天哪！你的靴子都还没脱！你瞧瞧！地板上弄得都是水！你不知道进房间之前先脱鞋子吗！哎呀呀……别踩别踩……我才刚刚……你看看现在成什么样子！”

妈妈朝地板上一指，几乎快要哭出来。埃尔维斯低头看了看，妈妈说得没错，地上全都是一摊一摊的水。他赶紧跑回门厅，脱掉靴子。妈妈拿了块抹布，蹲在地上擦起来。

埃尔维斯趁机溜进厕所。

“你没必要锁门！”门外传来妈妈的声音，“我不喜欢你这么鬼鬼祟祟的！”

埃尔维斯本来没想锁门的，可妈妈这么一说，他反而来了气，啪嗒一声把门锁了。埃尔维斯回家的时候，妈妈是很高兴的，可现在只觉得恼羞成怒，一来因为她好奇那封信里究竟写了什么，可又看不到；二来她忘了叮嘱埃尔维斯脱掉靴子。埃尔维斯也知道妈妈不乐意。可那毕竟是他的信，他想要一个人安安静静地读。再说，现在妈妈的情绪这么差，无论信是谁写的，妈妈都会挑错。还是不让她看到的好。

埃尔维斯坐在马桶盖上，将信纸抽了出来。

写信的人不是芒努斯·林德，而是去年夏天在爷爷家认识的托尔斯滕。

信纸的背面照例是一艘帆船，桅杆上挂有画着骷髅头的旗子。托尔斯滕在信纸的正面写道：

埃尔维斯，你好！你问我，一只雪球里有多少片雪花？如果你把雪球画在纸上，我就能数出来。我想到了一个好办法。期待你的回信！

你的朋友托尔斯滕

真有意思！冬天下第一场雪的时候，埃尔维斯曾写信给托尔斯滕，问他一只雪球里有多少片雪花。他还以为从此石沉大海了呢，没想到托尔斯滕居然认认真真地琢磨了一番，还想到了好办法。太令人期待了！

埃尔维斯打开厕所的门，跑了出去。妈妈正拎着他的靴子站在厨房里。埃尔维斯说自己要穿上靴子出去。

“你这又是要去哪儿？”

“我要去搞清楚一件事。”

“可是爸爸马上要回来了，我们很快就吃饭。”

“我就出去一下。”

埃尔维斯急得直跳脚。可妈妈拿着靴子不撒手。

“你先告诉我你要干什么！”

“我出去搓个雪球就回来。”

雪球？他怎么突然急着要搓雪球？妈妈越琢磨越觉得奇怪。趁着妈妈发愣的时候，埃尔维斯一把抢过靴子，迅速套在脚上。

埃尔维斯把信留在了门厅里的椅子上。妈妈心里犯起了嘀咕：不行，她一定得弄清楚信是谁寄来的，上面都写了些什么。她毕竟是埃尔维斯的母亲啊！她必须对他负责！况且他总这么神神秘秘的，动不动就把自己关在厕所里，谁知道在捣鼓什么……

现在，埃尔维斯急着跑出去搓雪球也好，妈妈正好可以趁这个机会把信读了。

“你动作快点儿，爸爸就要到家了！”妈妈话音刚落，埃尔维斯就砰的一声带上门出去了。

妈妈拿起信。哦——是托尔斯滕寄给他的，就是埃尔维斯在爷爷家的时候认识的男孩。这倒也没什么奇怪的。妈妈读完信，无奈地摇了摇头。这些臭小子，什么都能想得出来！所以埃尔维斯才急着出门搓雪球！妈妈将信放回椅子上。虽然信里也没写什么秘密内容，但她偷偷读信这件事，还是别让埃尔维斯看出来才好。想到这里，妈妈不由笑了笑。

没过多久，埃尔维斯就回来了。他说话算话，果然没在外面逗留太久。妈妈走进厨房准备晚饭，这回她没忘记叮嘱埃尔维斯脱掉靴子。

埃尔维斯急急忙忙地跑进卧室，衣服下面还藏着一只新搓的雪球。他找出一张纸，平平整整地铺在地板上，然后将雪球放在上面，顺着边缘画出雪球的轮廓。他画得很仔细，颇费了一些时间，纸上留下了一摊潮湿的印记，好在很快就晾干了。现在，埃尔维斯准确地画出了雪球的大小，这样托尔斯滕心里就有数了。这才是最关键的！

埃尔维斯随手将雪球放在一旁，因为急着给托尔斯滕写回信，他完全没在意雪球放在了哪里——雪球就在爸爸的床上！

埃尔维斯在书桌前坐下，开始写回信：

托尔斯滕，你好。这就是我搓的雪球。它本来还要大一圈的，但在我画的时候融化了一点儿。

不过没有很多，只有一点点。

期待你的回信。

你的朋友埃尔维斯

埃尔维斯问妈妈要了信封和邮票。妈妈答应他，带塞桑出门遛弯儿的时候就帮他把信寄掉。

说话间，爸爸回来了。他一屁股坐在床上，刚准备脱鞋子，却发现屁股下面湿了一片。爸爸向妈妈告状说，肯定是塞桑跑到自己的床上撒了一泡尿。现在被子和床垫都湿透了，水甚至还滴到了地板上。

妈妈拿着抹布赶过来，蹲在地上擦起来。可是闻着完全没有尿骚味。妈妈也不知道那是什么。

这时，埃尔维斯突然想起来自己的雪球！他把雪球搁哪儿了？埃尔维斯在房间里看了一圈，耳朵根阵阵发烫，心里七上八下：糟糕，他该不会把雪球放在爸爸床上了吧。可是大家似乎完全没有怀疑到他的头上。妈妈用抹布擦来擦去，时不时凑到鼻子旁边闻一闻。

“什么味道都没有嘛。”妈妈说。

“可被子确实是湿的啊！”爸爸边说边换裤子。

埃尔维斯想都没想，主动承认了一切，就好像这是再自然不过的事情一样。

“我不小心把雪球放在床上了。”

“不小心！”妈妈瞪着他，然后看着爸爸说道，“你自己看看，这都叫什么事？谁会不小心把雪球放在床上啊！”

“是啊是啊，”爸爸说，“可他要是不说，我们是永远都不会知道的。他这不是主动认错了嘛！”

“他不认错还能怎么样？你还向着他说话！”

妈妈赌气似的把被子床单统统扯了下来，然后用抹布擦了又擦。她又急又气，指望爸爸能站在自己这边，帮着说几句话。爸爸上了一天的班，一点儿也不想吵架。最后他只好对埃尔维斯说，以后做什么事情都长点心眼儿，免得给妈妈添麻烦。听得出来，爸爸完全是为了安抚妈妈的情绪才不得已敷衍两句。现在，妈妈对爸爸的意见反而更大了。

最近一段时间，埃尔维斯开始留意到，一些事情似乎和他之前以为的不太一样。比如妈妈表面上和某一个人吵架，其实却在对另一个人生气。有的时候她生埃尔维斯的气，却把火发在爸爸头上，有的时候恰恰相反，就比如现在——她冲埃尔维斯唠叨个没完，其实是在跟爸爸生气。

当然还有的时候，妈妈对他们两个都有看法，那就麻烦了——埃尔维斯不知道妈妈究竟是冲着谁来的，说不定是其他的人惹妈妈不高兴了。唉，妈妈的心思真难猜。

好在大多数时候，妈妈也就气一阵子。当爸爸宣布，他们受到邀请，这星期六要出去吃饭时，妈妈立刻来了精神，把埃尔维斯和雪球的事忘得一干二净。

当然，她把要寄给托尔斯滕的信也忘了！那封信一直搁在厨房里，直到上面泼了咖啡，妈妈才想起来。埃尔维斯不得不重新写了信封。

总之，妈妈的心情又恢复了。她主动聊起双胞胎的事，询问西格和芒努斯的近况。她一个劲儿地问，埃尔维斯只好硬着头皮答。不过埃尔维斯真的说不出什么内容。罪之书很快就要写完了，他得买本新的才行。

于是这天，他一个人去了超市。他又一次站在文具货架前，琢磨着这次该挑选哪一种尺寸的本子：大号、小号还是像上次一样的中号。

这时，身后突然出现一个人，将埃尔维斯拦腰抱起来转了一大圈。又是芒努斯·林德！埃尔维斯完全没料到芒努斯会出现在这里。他前两天还在嘀咕，他们两个什么时候才能再见面。

芒努斯今天系了一条蓝色的长围巾，在脖子上绕了好几圈，可是没戴帽子。他把手插在兜里，上下打量着埃尔维斯。芒努斯看起来比平时更高更瘦了，埃尔维斯得仰着头才能看到他。

芒努斯一言不发，只是站在那里，笑笑地看着埃尔维斯。埃尔维斯被他笑得有点儿心虚。他手里拿着一本笔记本，想要努力找点儿话题。

“我要买这个本子。”埃尔维斯说。

“你要买它来做什么呢？”

“我要在上面写东西。”

“什么东西？”

埃尔维斯下意识地抿住嘴唇。他总不能说，自己要把所有撒过的谎都写在上面吧。

“是你想要记住的东西吗？”芒努斯问。

“对，没错。”埃尔维斯急忙附和道。

芒努斯想不通，有什么事情是埃尔维斯非要记在本子上的。他在心里嘀咕：这么一个小孩，脑子里琢磨的事倒不少。但他忍住没说出来……

“是你读的书里面的内容吗？”芒努斯问。

不是。埃尔维斯摇了摇头。是他自己编出来的内容。

“编出来的？那会是什么？”

埃尔维斯又陷入了沉默。他担心芒努斯一双明亮的眼睛能看穿自己的心思。

“你不想说的话，就不用勉强啦。”芒努斯说。

芒努斯往前凑了凑，从货架上拿了一本差不多的本子。是大号的。

“我挑这本好了。”他说。

芒努斯将本子塞进口袋，带着埃尔维斯朝超市出口走去。

“你打算在本子里写什么？”埃尔维斯开开心心地跟在后面，兴奋地问道。

“我还不知道呢。”芒努斯说，“总有东西可以写吧。”

“就是，”埃尔维斯附和道，“总有东西可以写的。”

他们来到收银台，芒努斯率先走了出去，站在超市门口耐心地等待埃尔维斯付款。埃尔维斯前面只有一名顾客，所以他们并没等太久。芒努斯双手插在裤兜里，抬起头望着天花板，似乎陷入了沉思。埃尔维斯很好奇他究竟在琢磨什么，说不定是要请埃尔维斯帮忙的事呢!

他们来到大街上，面对面站了一会儿。外面稍稍有些冷，芒努斯直跺脚。他说，自己不适应这种气候，边说边打了个冷战。一阵风吹过，他浅色的卷发微微跳跃了两下。

芒努斯的脸上始终带着温和的微笑。埃尔维斯一直在等待他交代任务下来，可他一句话都没说。

埃尔维斯犹豫着是不是该主动开口问问情况，可又觉得唐突。过了不知道多久，芒努斯冷不丁冲他挥挥手，说了句“再见”，然后转身走开了。

埃尔维斯还站在原地，目送着芒努斯的背影越来越远。这种告别方式未免有些奇怪。埃尔维斯很想喊住他，可喉咙就像被卡住了一样，只能傻傻地站在那儿。

也许是芒努斯觉察到了什么，他突然转过身，慢慢地走了回来。双手仍旧插在裤兜里。

“你怎么了？”

“呃，你说要请我帮忙……”埃尔维斯怯怯地说道。他害怕被芒努斯说成是胆小鬼。

芒努斯静静地看着埃尔维斯，神情很是严肃，但很快，他又笑得一脸灿烂。

“这么说，你是真的愿意帮我忙喽？”他说。

埃尔维斯点点头。

“好样的，埃尔维斯！等我的消息吧！”芒努斯说完就走了。

埃尔维斯也开始朝家的方向走去。

没走出几步，他们几乎同时回过头，冲对方挥了挥手。

芒努斯转过一个街角，很快消失不见了。埃尔维斯转过另一个街角。

埃尔维斯的内心溢满了喜悦，脑袋里充满了各种各样的念头。

只是有一件事……

他摇了摇头，试着回忆起当时的场景！

可他怎么都想不起来。

芒努斯买笔记本付钱了吗？还是……

他忘了？

8 奇怪的任务

“找你的，埃尔维斯！”妈妈一脸惊讶地将电话听筒递给埃尔维斯。

唯一会给埃尔维斯打电话的人就是爷爷了。但根据妈妈的表情和语气判断，电话那头的人肯定不是爷爷。

埃尔维斯接过听筒。妈妈还站在一旁。她是打算偷听吗？

“喂，是我……西格！”电话那头传来一个声音。

“你好！等一下！”

埃尔维斯放下听筒，他不想让妈妈听见他们说话的内容。可妈妈始终站着不动。他们就这样盯着对方。

“我不想有人站在旁边。”埃尔维斯说。

“是吗……这电话有那么重要吗？我又不会吵到你！”

妈妈转身走进厨房。看得出，她很不情愿，也懒得把门带上。埃尔维斯追了上去。

“是芒努斯打来的。”埃尔维斯小声说。

“他不是说自己是西格吗？”妈妈疑惑道。

埃尔维斯只觉得耳根阵阵发烫。

“他们是双胞胎嘛。”他辩解道。

“这样啊，所以他们俩的声音也很像？”

“没错。”埃尔维斯说完，关上门回到门厅。

“这回你不锁门啦？”妈妈用鼻子哼了一声，似乎埃尔维斯关门讲电话这件事无比可笑。

埃尔维斯回到电话机前，拿起听筒。

“你刚才怎么了？”芒努斯在电话那头问道。

“我就是去关了下门。”

“小心没大错。”芒努斯说。他的口气里充满了赞赏。埃尔维斯心里稍稍有了点儿底。

“现在我们可以随便聊了。”他说。

“你现在能出来吗？”芒努斯问。

埃尔维斯飞快地思考了一下。现在妈妈会让他出门吗？应该会，毕竟他是要去见芒努斯嘛。不过保险起见……

“应该可以。”他对芒努斯说，“不过我还是先问一下。”

他让芒努斯稍等片刻。他得保证顺顺利利地得到妈妈的允许，而不再节外生枝。埃尔维斯往厨房走去。他打开门的时候，妈妈就站在门后面，一脸惊慌。很显然，她一直在试着偷听埃尔维斯的电话，根本没听见他的脚步声。

“我能出去一会儿吗？”埃尔维斯问。

因为被埃尔维斯当场撞破，妈妈多少有些尴尬。为了赶紧掩饰过去，她立刻爽快地表示同意。

埃尔维斯跑回电话机前，给了芒努斯肯定的答复。这次，他完全忘了带上厨房的门。

“太好了！”芒努斯说。“这回你可以帮我一个忙了！”

然后他告诉埃尔维斯，那辆黄色的汽车会接他过去，就停在上次他下车的地方。他过十分钟走到街角那儿就行，汽车肯定已经到了。

芒努斯挂了电话。埃尔维斯的心怦怦直跳。芒努斯会让他帮什么忙呢？他能胜任吗？

妈妈走到门边，正好撞上埃尔维斯的目光。她的眼睛里写满了疑问。

“我一会儿就走。”埃尔维斯说。

“这么着急？”

“嗯。”

“你们约在哪里碰头？”

“外面马路边。”

“就在楼下？”

“不是，要走出去一点儿。”

“这样啊。他们过来接你吗？”

“对。”

“你们这回又打算上哪儿玩？”

“还不知道呢……”

埃尔维斯忙着穿衣服穿鞋，妈妈则在一旁问个不停，似乎怎么都不肯放他走。不过妈妈的态度是温和的，事实上，妈妈极力表现出善解人意的一面，她很后悔刚才的鲁莽行为。妈妈总是这样。埃尔维斯同情妈妈的同时，也觉得有些无奈，为了缓解之前的尴尬，妈妈会表现得极不自然，话也特别多。埃尔维斯反反复复就那么几句：“我也不知道……”“真的不知道……”“可能吧……”

直到他穿戴完毕，妈妈抢在他出门前问出了最后一个问题：“你什么时候回来？”

对于这个问题，说一句“我也不知道”是绝不能让妈妈满意的。一般来说，埃尔维斯会让妈妈决定他回家的时间。不过这一次，既然要去见芒努斯·林德，他不想把时间定得太紧张。

“过几个小时回来吧。”埃尔维斯装作轻描淡写地说了一句。

“几个小时？我看你五点回来差不多了！”

现在快三点了。距离五点也就两个小时多一点儿。

“那就五点半吧。”埃尔维斯说。

“就这么说定了！五点半就五点半！”

“晚个几分钟也没什么吧？”埃尔维斯试探地问。

妈妈极力表现得开明而宽容。那本儿童心理学的书上说，一个好的家长不应该给孩子施加太大压力。她知道自己应该适时做出让步。

“没关系的，小家伙。”她说，“别晚太多就行。”

妈妈在埃尔维斯脸上亲了一下，这才放他出门。

埃尔维斯一转过街角就看见了那辆黄色小汽车。他打开车后座的门，钻了进去。汽车随即发动起来。

“我们要去哪儿？”埃尔维斯问，但没有得到任何回答。

他忘了，车前座的两个男孩是不说话的。他们和上次一样，全程保持沉默，既不搭理埃尔维斯，彼此之间也没有交流。

埃尔维斯试图看清他们的模样。上次天太黑，他根本没想过这个问题。现在是白天，应该可以了。他们两个注意到埃尔维斯在观察自己，显然不太高兴。埃尔维斯在后座上挪来挪去，想要找个好的角度，可无论如何都无法从后视镜里看见他们的眼睛。

不过埃尔维斯能看出来，他们两个比芒努斯·林德的年纪要大。其中一个留着棕色的络腮胡，另一个戴了一副很大的眼镜。眼镜腿从鸭舌帽的边缘支棱了出来。他们两个都把帽沿压得低低的，留络腮胡的那个头发又密又长。

两个男孩似乎都对埃尔维斯没多大兴趣。他们一次都没回过头。直到汽车抵达目的地，他们也只是漠然地打开车门，让埃尔维斯下了车。

“到了。”他们就说了这么一句。

埃尔维斯就这样突然间置身于一条陌生的街道上。汽车一溜烟开跑了。街上空空荡荡的，一个人都没有。

上次在公园里那种做梦般奇怪的感觉又回来了。埃尔维斯忐忑起来，一颗心怦怦直跳。

就在这时，街边楼房上的一扇窗户嘎吱一声打开了。

芒努斯·林德从窗户里探出头来，冲着楼房大门努了努嘴，示意埃尔维斯上来。那是一扇设有门禁的玻璃大门，门锁咔嗒一声开了，只管进去就行。埃尔维斯本想看一看外墙上的住户信息，确定究竟是贝里隆德还是林德，可对方根本没给他机会。他听见楼上传来开门声，接着就是跑下楼的脚步声。

他和芒努斯在三楼碰上了。芒努斯摁下电梯按钮，他们一起乘坐电梯来到芒努斯所住的七楼。

他们之间的气氛多少有些不自然。两个人默默站在电梯里，几乎都没看过对方。埃尔维斯觉得脸上阵阵发烫，说不清是兴奋还是紧张。

他们来到芒努斯家门口，埃尔维斯的好奇心又上来了，想看看门上的名牌写的是什么。芒努斯家的大门敞开着，埃尔维斯一眼就看见了门厅。墙上挂满了各种枪支：手枪、气枪、冲锋枪。看着还挺吓人。

不过除此之外，芒努斯家还是挺漂亮的。用妈妈的话说，就是相当“有气派”。妈妈说，她曾经参观过几次这种房子，不过在埃尔维斯，这还是头一次。

这里有妈妈描述过的所有细节：天花板上悬挂着水晶吊灯，地板上铺着厚实的地毯，墙上挂着柔软的挂毯，到处都是装饰画、镜子和高高的烛台。

芒努斯一个人在家。他有自己的房间。房间的墙上也挂满了武器，不仅有枪，还有各种各样的刀和剑。

“这就是我住的地方。”芒努斯边说边坐在一张巨大的黑色书桌前。他指了指旁边的一张扶手椅，示意埃尔维斯坐下。扶手椅十分宽敞，埃尔维斯整个人都快陷进去了。芒努斯端出一只盛满零食的玻璃碗，请埃尔维斯吃花生和巧克力。

“时间还没到。”芒努斯看了看墙上的挂钟，说道，“我们只要赶在三点半之前到那儿就行。”

埃尔维斯很想问，他说的“那儿”究竟是哪儿，可他的嘴巴里塞满了花生和巧克力，根本没法说话。埃尔维斯好奇地看了看周围，打量着墙上的那些武器。

“我和爸爸都喜欢收藏武器。”芒努斯说，“爸爸主要收藏枪支，我喜欢刀啊剑啊之类的。”

芒努斯说，他爸爸是一名军官。

“一名勇士。”

“他是飞行员吗？”埃尔维斯问。

“不是，他不是空军的。他属于陆军。”芒努斯说。

埃尔维斯觉得有点儿遗憾，芒努斯的爸爸要是空军飞行员的话，妈妈肯定会很满意。不过这件事也没必要告诉妈妈。

芒努斯自己没有妈妈，所以想做什么就做什么。

“她抛下我们走掉啦。”芒努斯轻描淡写地说了一句，“那都是好多年前的事了。他们两个成天吵架……”

听芒努斯的口吻，这好像是一件再自然不过的事。芒努斯是独生子，从小由爸爸带大。自从爸爸妈妈离婚后，他就再也没见过妈妈。妈妈后来又结婚了，但爸爸一直没再婚。芒努斯说自己不愿意，所以爸爸也就算了。

“真的吗？”埃尔维斯吃惊地问。他从来都不知道还有这种父母，会因为孩子的想法改变主意。

“家里很多事都是我说了算。”芒努斯说。

芒努斯又看了看时间。

“我们该走了。”他说，“时间差不多了。”

芒努斯将盛满零食的大碗递到埃尔维斯面前，让他多拿一些走，然后往自己嘴里塞了一大把巧克力。

可是埃尔维斯已经吃腻了。他有些躁动不安，好奇自己该做些什么。不过芒努斯说，等一会儿他就知道了。

“你跟着我就行，不需要什么技巧。”

这算是哪门子帮忙？埃尔维斯失望极了。他本来指望自己能扮演一个重要角色呢。他可不想总是跟在芒努斯屁股后面。当然，他没直接说出来。

芒努斯看了他一眼，然后露出灿烂爽朗的笑容。

“没有你可不成，埃尔维斯！”他说，“你当然很重要！我的意思，这事并不难办，也不会有什么危险，这么说你能明白吧？”

埃尔维斯点点头。没有危险当然最好，不过就算有危险，芒努斯只需要对他笑一笑，就会让他充满勇气，面对这世界上任何的挑战。

芒努斯从书桌前站起身。他探出上身，伸长脖子向窗外看去，神情有些恍惚。有那么一瞬间，埃尔维斯甚至觉得自己被遗忘了。好在芒努斯很快回过头来，朝埃尔维斯笑了笑，然后往外走去。埃尔维斯赶紧跟了上去。

芒努斯在门厅停下脚步，穿好外套，将蓝围巾往脖子上绕了好几圈。他没戴帽子，张开手指，插进蓬松而蜷曲的浅色头发里梳了两下。

这是一个美好的冬日。天空格外晴朗，呈现出一片纯净的湛蓝，就好像芒努斯 · 林德那双亮晶晶的眼睛。

埃尔维斯站在他身旁，内心充满了骄傲。

他们一起来到上次偶遇的公园，沿着小路肩并肩慢慢往前走。芒努斯不停地和埃尔维斯聊着各种各样的事，埃尔维斯看得出来，他的精神明显很紧绷，心思完全不在这里。芒努斯时不时看一眼手表，埃尔维斯默默跟在一旁，等待着他下一步的行动。

这时，不远处突然传来一声尖锐的口哨。芒努斯停下脚步，然后朝着公园边的一丛树篱走去，树篱顶上积了厚厚的一层雪，形成天然的隔断，将一家露天咖啡座环绕起来。正值冬天，露天咖啡座暂停营业，里面空空荡荡的。

又是一声口哨声。这次要短促一些，也不如之前那么尖锐。听着像是从树篱的另一边传来的，可那里一个人都看不见。芒努斯伸长脖子，也吹了一声口哨作为回应。声调悠扬而婉转，不像是人发出的声音，更像是鸟儿的鸣叫。芒努斯的神情也变了，眼睛里闪着光，面部肌肉也紧张起来。

芒努斯迅速地转向埃尔维斯，把双手搭在他的肩膀上，然后低下头，将脸凑近他。芒努斯的表情渐渐松弛下来，脸上露出标志性的微笑。他嘱咐埃尔维斯在公园里等他一会儿。

“什么都不用做，就是等着。”他轻声说道。

“就在这儿？”埃尔维斯指了指自己站的位置。

“没那么夸张，你可以在附近活动一下，别跑太远，让我能找到你就行。我不会去太长时间的，顶多一刻钟。不过你要记住，要是有谁过来问你问题，千万别吭声。”

“我保证不说话。”埃尔维斯说。

芒努斯冲他点点头，然后消失在树篱后面。

埃尔维斯知道，那边肯定有人在等芒努斯。他好奇地想要一探究竟，可连个人影都没看见。

不远处有一群孩子正忙着搭雪屋。埃尔维斯走过去，匆匆看了两眼，很快又折返回来。这么干等着实在是太无聊了。虽然芒努斯保证过不会有危险，可埃尔维斯还是觉得心神不宁。时间一分一秒地过去，不到一刻钟，芒努斯果然气喘吁吁地跑了回来。

芒努斯和上次一样，手里拎着一只黑色塑料袋。他一回来就把塑料袋递到埃尔维斯面前，然后匆匆忙忙说了一大堆话。他的眼神飘忽不定，脸上有种难以捉摸的神情。他告诉埃尔维斯还是和上次一样，走到同样的街角左拐，那辆黄色小汽车还是在老地方等着。埃尔维斯把塑料袋交给他们之后，再让他们把他送回家。

埃尔维斯点点头，芒努斯从黑色塑料袋最上面掏出一只白色纸袋，递到埃尔维斯面前。

“这是你应得的！”芒努斯边说边把纸袋塞进埃尔维斯手里，“再见！我改天给你电话！赶紧走吧！”

埃尔维斯拔腿就跑，可突然感到肩膀上多出了一只手——那是芒努斯的手。芒努斯告诉他，没必要跑，就照平时那样走过去就行。不用着急，黄色小汽车会等他的。

埃尔维斯于是像平常那样，朝着街角走了过去。芒努斯也走开了。可当埃尔维斯来到马路上的时候，他突然惊讶地发现，芒努斯正和一个女孩不紧不慢地散着步。他搂着她的肩膀，急切地说着什么。不知道的人还以为他们散步散了好久，其实也不过是十几分钟的事。

芒努斯的眼睛里除了身边的女孩，再也容不下其他人。他一眼都没朝埃尔维斯这边看，只顾着贴着女孩窃窃私语。他的脸上始终挂着灿烂的笑容，女孩抬起头，温柔地注视着他的面孔。

埃尔维斯拎着黑色塑料袋，迅速地穿过马路。他的内心突然涌起一阵失落，还有种被抛弃的奇怪感觉。芒努斯肯定看见他了！不管怎么说，他至少应该给埃尔维斯一个肯定的眼神吧！

他凭什么说埃尔维斯很重要呢？感觉上完全不是这样嘛。拎着一只黑色塑料袋，吭哧吭哧地走上半天，然后坐车回家！这能算是帮忙吗？

还有那只埃尔维斯“应得”的白色纸袋，里面会是什么呢？他停下脚步，打开来看了看。满满一大包糖果！有威化巧克力、棒棒糖、水果软糖、太妃糖……总之应有尽有。埃尔维斯将一条长长的甘草糖塞进嘴里。

可是——这满满一袋糖果也比不上芒努斯·林德的一个眼神！

黄色小汽车停在路边等着。

十分钟后，埃尔维斯就到了家。

“你这么快就回来了？现在才四点半！你们闹别扭了吗？玩得不高兴吗？”

妈妈问个没完没了。他该怎么回答？埃尔维斯想要说点儿什么，可嗓子眼儿只觉得堵得慌。

他将装有糖果的白色纸袋放在餐桌上，妈妈看见了。

“对，这是送给我的。”他说，“里面都是糖。”

“是西格送给你的？”

“嗯。”

“芒努斯也和你们一起吗？”

埃尔维斯想了想，然后答道：“对，一开始芒努斯也在。后来他走了，只剩下我和西格两个人。”

说这话的时候，他的内心无比轻松。这感觉才对嘛。他后来看到搂着女孩散步的人不是芒努斯·林德，而是西格……

妈妈将纸袋底朝天倒扣过来，糖果铺了满满一桌子。好多啊！

“这都是他们买给你的吗？”

妈妈又是惊叹又是好奇。

她迫不及待地问，他们都去了哪里，玩了些什么。埃尔维斯现在放松多了。

“我们去他们家玩的。”他说。

妈妈开始刨根问底地打听各种细节。埃尔维斯努力回忆芒努斯家“气派”的房间。妈妈问起地毯的样式和水晶吊灯的造型，埃尔维斯极尽所能地描述出它们的样子。妈妈的眼睛里闪着兴奋的光芒。

“真的吗？他们家连挂毯都有？”

“当然是真的。墙上还有好多镜子，镶金框的画，还有那种……叫什么来着……里面有蜡烛的东西？”

“壁式烛台。”

“对，壁式烛台……门厅里挂满了枪——手枪、气枪，还有古里古怪的刀啊剑啊之类的……”

然后他向妈妈介绍了芒努斯的房间，包括巨大的书桌和宽敞的扶手椅——简直和沙发差不多！

“他还有打字机呢。很大一台。这么大！”

埃尔维斯张开双臂，试着比画出芒努斯家打字机的尺寸。妈妈的眼睛都瞪圆了。

“你看见他妈妈了吗？”

没有。埃尔维斯说，芒努斯的妈妈很早就离开了家，和另一个男人结婚了。

“那他爸爸呢？”

“他爸爸没有再结婚。”

“那你见到他了吗？”

埃尔维斯摇了摇头，赶紧换了个话题，聊起妈妈最感兴趣的窗帘。他不想多提芒努斯的爸爸。他不敢告诉妈妈，他其实只是个陆军军官，而不是飞行员——当然更不可能像妈妈以为的那样，驾驶飞机带他们前往加那利群岛度假。

幸好妈妈没有深究下去。她对埃尔维斯的叙述很满意。

“我听出来了，这可是家有钱人！知道吗，小家伙，你去的可是一所豪宅！”妈妈叹了口气，用梦幻般的目光看着埃尔维斯。

9 什么是幸福？

“幸福将至，幸福将离……上帝之爱，幸福永存。”临睡前，埃尔维斯跟着奶奶一起做晚祷告。

奶奶每次进城的时候，都会教埃尔维斯念祷告词。她知道埃尔维斯自己是不会念的。对奶奶来说，晚祷告是一天中最重要的时刻之一，因此，她认为埃尔维斯也应该渐渐培养起晚祷告的习惯。

埃尔维斯很疑惑，晚祷告对自己而言真有那么重要吗？妈妈和爸爸是不相信这些的，他一个人的时候也压根儿不会想到。埃尔维斯把这些想法一五一十地告诉了奶奶。

他觉得，奶奶说了什么，上帝是会放在心里的。奶奶毕竟年纪大了，而且这么多年以来，一直虔诚地相信上帝。看在奶奶的分儿上，上帝没准儿也会稍稍在乎一下埃尔维斯。不过等到奶奶走了，只剩下埃尔维斯一个人，上帝可没那个闲工夫搭理他。

奶奶说，上帝特别喜欢孩子。

这一点，埃尔维斯完全没看出来。果真那样的话，上帝应该告诉妈妈，不要阻拦他和安娜罗萨在一起。因为这是他依靠自己的力量，向上帝提出的唯一一个要求。可是上帝理都不理。

这倒也算了，更过分的是，他还把安娜罗萨从埃尔维斯身边赶走，作为对埃尔维斯撒谎的惩罚。上帝也不想想，埃尔维斯撒谎这件事，究竟是谁的错？

埃尔维斯也不知道，自己该如何做才能和安娜罗萨重归于好。可他为什么偏偏想要和安娜罗萨在一起呢？埃尔维斯自己也想不明白。上帝既然无所不能，他总该知道原因吧？就算上帝不同意，也应该想出一个更好的办法，而不是纵容妈妈对他们横加干涉，结果呢，埃尔维斯的谎话只能越扯越离谱。

上帝或许不喜欢埃尔维斯。没准儿他也觉得，埃尔维斯是个彻头彻尾的扫把星，是妈妈上辈子造了孽才生下的讨债鬼，这样的孩子只会惹麻烦。

所以他才不信什么“上帝，你爱世人更爱我们小孩”的鬼话。不过他没敢告诉奶奶。奶奶会很伤心的。奶奶天真地以为，她和爷爷都喜欢埃尔维斯，所以其他人也都会喜欢埃尔维斯。怎么可能!

不讨厌就不错了!

“幸福将至，幸福将离……”

对……就是这样的。他和安娜罗萨在一起的时候，觉得无比幸福！然后突然间，什么都没有了！幸福拍拍翅膀飞走了!

“上帝之爱，幸福永存……”

这句话能说得更清楚些吗?幸福要真能永存的话，那些人不是应该一直高高兴兴的吗?可是埃尔维斯见过的人，或多或少都会有烦恼。

奶奶轻声念了一遍，然后默默思忖起来。埃尔维斯的脑海里突然冒出了一个念头……等等，这句话到底什么意思?

上帝之爱，幸福永存……

他一个字一个字地琢磨着。

是说上帝所爱的人能得到幸福吗?

还是正相反，爱上帝的人能得到幸福?

究竟是谁爱谁?

“这是个好问题，小家伙。”奶奶给了他一个和蔼的微笑。这问题并不容易回答，她认真想了半天。

奶奶说，爱很可能是互相的。但在现实生活中，人与人相处时可不一定。

奶奶说得没错，埃尔维斯也有同感……

确切说，他对此有很深刻的体验，不过他没说罢了。

“不管怎么说，有一件事是肯定的，”奶奶继续说道，“那就是，相比于得到很多爱，却不懂得付出的那些人，愿意去爱，懂得去爱的人要幸福得多。哪怕他们的感情并不总能得到回应，他们也是快乐的。”

奶奶说，也许其他人并不认同这一点，但她对此深信不疑。

“彼此相爱才是最好的！”埃尔维斯肯定地说。

“那当然。”奶奶说。

他们默默坐着，各自想着心事。

埃尔维斯在想，奶奶说的是不是真的，只要爱上帝，就一定会得到上帝的爱？奶奶怎么就能这么确定呢？

再说了，出于什么动机，一个人会突然决定要爱上帝呢？

总不能是一拍脑袋想出来的吧！

上帝从来都没有公开露过面！人们对他的了解，仅限于《圣经》和赞美诗里面的内容。

奶奶也说过，虽然名义上是上帝的子民，但世界上那么多人，都不是上帝直接生出来的……

上帝真有那么神奇吗？

就比如奶奶吧，她对上帝无条件地信任……这该如何解释呢?

当然，生活中有些事情就是难以理解的。可是毫无保留，不求回报地爱一个人……? 这毕竟不是件容易事，虽然有的时候……

总的来说，在还没决定能不能信任上帝，爱上帝的时候，和他成为好朋友应该是个不错的选择。

不过成为好朋友需要双方的共同努力，上帝什么都不做可不行!

唉，埃尔维斯还是留点儿神吧，万一得罪了上帝可就麻烦了……

“你在想什么呢，埃尔维斯? ”奶奶开口问道。

埃尔维斯轻轻叹了口气。

“没想什么，”他说，“唉，我也不知道……”

10 芒努斯搞砸了

埃尔维斯又收到一封托尔斯滕寄来的信！

这封信读起来特别有意思。托尔斯滕是这么写的：

埃尔维斯，你好。我还有一个问题：你说的是什么样的雪花？是和玉米粒一样小，还是稍微大一点儿，像燕麦片那样？或者它们很大很大，和棉花球差不多？我得知道答案才行。你可以画一片雪花给我。期待你的回信！

你的朋友托尔斯滕

托尔斯滕说得一点儿也没错。要是不知道一片雪花有多大，他怎么能算出一只雪球里有多少片雪花呢？

埃尔维斯早该想到的。这可是很重要的问题！埃尔维斯得赶紧回信才行。他拿出笔和纸，琢磨着自己该写些什么。现在外面不下雪，所以他也没法参照着直接把雪花画下来。不过埃尔维斯画过好多好多的雪花，所以很清楚雪花的大小。

它既不像玉米粒，也不像燕麦片。至于棉花球嘛，倒也没有那么大。埃尔维斯喜欢那种不大不小、正正好的雪花。没有风，又不是特别冷的时候，那些雪花会很慢很慢地飘落下来。

它们有着又尖又细的棱角和枝杈，就像一颗颗小星星！对，就是星状雪花。

埃尔维斯要把这些都告诉托尔斯滕。他站在卧室的窗户前，将信纸贴在窗台上埋头写着。妈妈看着他奋笔疾书的背影，不过这一次已经没有了好奇心。无论是托尔斯滕写给他的信，还是他写给托尔斯滕的信，都无法引起妈妈的任何兴趣。

“我怎么觉得那个托尔斯滕有点儿傻乎乎的？”她说。

妈妈想起埃尔维斯在上一封信里画的雪球。画完后，埃尔维斯将雪球随手放在爸爸的床上，弄湿了一大片。这都是被那个托尔斯滕想出的破主意闹的！

埃尔维斯说，才不是呢！可他说话又不管用。妈妈认定的事是怎么都不会变的！反正她无所不知！再说，埃尔维斯是在爷爷家认识的托尔斯滕，也是爷爷撮合他俩成了朋友，所以托尔斯滕的脑子有点儿问题也不奇怪。妈妈不喜欢爷爷。埃尔维斯早就发现，但凡什么事和爷爷扯上点儿关系，妈妈就横竖看不顺眼。她总要阴阳怪气地说点儿什么让他不舒服。

“只要你别把雪弄回家，搞得地上床上湿漉漉的，你爱在那儿站多久就站多久，埃尔维斯。不过你要知道，幼稚也要有个限度。”她说。

为了写这封信，埃尔维斯颇花了一番功夫。星状雪花画起来可不容易，保险起见，埃尔维斯画了好几片。现在总算写完了。埃尔维斯把信塞进信封，在上面写下地址。就剩贴邮票了。这事得问妈妈。

“妈妈！家里有邮票吗？”埃尔维斯问。

妈妈走过来，将窗帘拉整齐。这时电话铃响了，埃尔维斯只得站在那儿等妈妈讲电话。是某一个电话阿姨打来的，听起来像是件很重要的事。

“不会吧，真的吗？我都不知道！这小子从来都不说学校里发生的事！”妈妈气急败坏地嚷嚷起来。

埃尔维斯的心一凉。出什么事了？他又闯了什么祸？妈妈飞快地朝他瞥了一眼，目光里充满责备。完了，大事不妙！埃尔维斯忐忑起来。

妈妈挂了电话，一脸埋怨地冲他摇了摇头。

“明天是学校的拍照日，埃尔维斯！”她说，“有一个摄影师会过来给你们拍照片！你们老师没说吗？”

啊，对，老师说过……他忘得一干二净。

“幸亏比尔吉特阿姨打电话过来说了一句，不然妈妈还蒙在鼓里呢！”

话是没错，可是……蒙在鼓里又有什么关系？妈妈为什么非得知道不可？

“我得赶紧给你洗头，这样明天好歹像点儿样子，你现在这样怎么能拍照呢？可别再给我丢人了！”

妈妈冲着埃尔维斯劈头盖脸就是一顿唠叨。

“快把裤子脱了，我用洗衣机给你洗了！”

埃尔维斯拿着信站在那里。那邮票呢？他想赶紧把信寄出去。

“等我有空了会帮你寄的！”妈妈不耐烦地说。

不！他要自己寄！也就是一分钟的事。能现在就把邮票给他吗？

“你从来都不会……！”

电话铃又响了。妈妈叹了口气，走过去拿起电话听筒。这回是希万阿姨打来的。妈妈不想说话的时候受到打扰，所以赶紧往埃尔维斯手里塞了钱，打发他出门买邮票。

“别去太久！听到了没有！我得抓紧给你洗裤子！”

妈妈抓过电话听筒，开始抱怨埃尔维斯学校拍照的事。

埃尔维斯赶紧溜了出去。他第一次从心底里感激希万阿姨，况且他还不用听她们讲电话。

他先去了杂货店买了邮票，然后去邮局寄了信。埃尔维斯一点儿也不着急，希万阿姨和妈妈打电话，通常都短不了。

埃尔维斯把信放进信箱，正准备往家走，突然看见一辆出租车开了过来，不偏不倚停在他面前。车门开了，坐在副驾驶位置上的不是别人，正是芒努斯·林德。

“上来吧！”芒努斯林德跳下车，替埃尔维斯开了后门。

埃尔维斯有些迟疑。能再见到芒努斯当然很开心，可他答应过妈妈要早点儿回家。现在该怎么办？

“我给你打过电话，”芒努斯说，“可你家电话总占线。我反正要过来办事嘛。在路上我还想呢，没准儿能碰见埃尔维斯。没想到，你果然在这儿！”

真是太巧了，现在正是需要埃尔维斯的时候！

“你知道的，还是老规矩。”芒努斯说。

可这一次，埃尔维斯摇了摇头。他不喜欢拎着塑料袋跑来跑去。再说，他也答应过妈妈不在外面逗留太久。

“真可惜！今天不行吗？”芒努斯说。“不会花太长时间的。顶多半小时。”

埃尔维斯仍然站在人行道上。他有些矛盾，既想去，又不想去。芒努斯又露出了他标志性的微笑，笑容是那么温暖，那么灿烂！

“好吧，我明白了！”他说，“你不想去就不去呗！”

芒努斯关上车门，朝埃尔维斯挥手道别。

“等等！等一下！”

埃尔维斯一把抓住车门。他觉得自己不能眼睁睁看着芒努斯就这样离去。他不能失去芒努斯！要不是情况紧急，芒努斯才不会开口求他呢。他们不是朋友嘛！这可是芒努斯亲口说的。就算埃尔维斯不喜欢，又有什么关系呢？不就是半小时的事嘛。妈妈和希万阿姨一打起电话来，就聊个没完没了，根本不会注意到时间。

芒努斯把刚关上的车门又打开了。这一次，他和埃尔维斯一起坐在车后座上。

汽车发动了，芒努斯将胳膊搭在埃尔维斯的肩膀上。埃尔维斯这才松了口气。芒努斯往他身边凑近了些，笑容更灿烂了。

“你真够意思，埃尔维斯！”他说，“这才是真正的朋友嘛！”

埃尔维斯心里暖暖的，顿时觉得自己成熟了不少。

“很快就能完事！一切都准备好了！”芒努斯拍着胸脯保证道。

出租车带着他们从桥上驶过，来到芒努斯所居住的城市另一端，然后在一个街角停下来等红灯。这时，埃尔维斯突然看见那辆黄色小汽车。小汽车就位于马路另一边，里面依然是那两个男孩。埃尔维斯将自己的发现告诉了芒努斯，可芒努斯只是透过车窗飞快地瞥了一眼，然后耸了耸肩，似乎完全没认出来——包括汽车和汽车里的人。奇怪。埃尔维斯肯定不会看错。就是那辆汽车！既然芒努斯什么都没说，埃尔维斯自然也就不去多问。

出租车停在了公园旁边，芒努斯让埃尔维斯先下车，然后去上次露天咖啡座旁的树篱外等着。芒努斯说自己要先办点儿事，随后就到。

出租车带着芒努斯开走了。

现在只剩埃尔维斯一个人，他的情绪顿时低落下来。他按照芒努斯的吩咐，进了公园，朝着露天咖啡座的方向走去，可内心的喜悦已经荡然无存。他对芒努斯交代的任务有着说不出的抵触和反感，一想到那只黑色塑料袋，他就觉得无比厌恶！

要不是因为那个灿烂的笑容……要不是因为那双明亮的眼睛……唉，要不是因为芒努斯，他才不会蹚这浑水呢！他连塑料袋里装了什么都不知道。再说，芒努斯自己为什么不能亲自跑一趟，送到黄色小汽车那边？埃尔维斯想不明白，可又不敢问。

现在，埃尔维斯正站在积雪的树篱外等着。可他并不高兴。说来也怪，他有段时间没见到芒努斯了，可他几乎都没意识到这一点。一开始，埃尔维斯还总惦记着芒努斯，不过自从上次去过他家之后，这种感觉就淡了，他几乎都忘记了芒努斯的存在。

尽管如此，只要能再见到芒努斯一眼——就像刚才那样——埃尔维斯就愿意不计代价地赴汤蹈火。坐在出租车里的时候，埃尔维斯一路上都觉得无比高兴，可现在却只觉得无聊。他后悔了。

他们毕竟是朋友啊！芒努斯自己说的……

这时，他突然听见树篱那边传来一阵欢快的笑声。紧接着下一秒，芒努斯就从树篱中钻了出来，身上全是雪。

芒努斯抖了抖身上的雪，给了埃尔维斯一个大大的拥抱，然后像以前那样，双手搭在埃尔维斯的肩膀上，直视着他的眼睛，嘴角扬起好看的弧线。埃尔维斯内心的喜悦又回来了。他又一次感到心里暖融融的，充满了活力和生气。

啊，让他做什么都行！别说跑腿了，就算要冒再大的风险，他也绝不会退缩！只不过……

那只黑色塑料袋呢？芒努斯把塑料袋藏哪儿去了？

他能感到，芒努斯手上的力度明显加重了些。他用大拇指在埃尔维斯的外套上画来画去。

“今天什么都没有！”他说完笑了起来，“我彻彻底底搞砸了！”

“搞砸了？”

“是啊，你也没想到吧？”

他抓着埃尔维斯的胳膊，轻轻摇了摇。他俩都笑了起来。埃尔维斯不知道芒努斯搞砸了什么，他也不想知道。不过显然，今天没有黑色塑料袋了！他感到一阵轻松，芒努斯似乎也松了口气。

“那……我们现在做点儿什么好呢？”芒努斯露出茫然的表情。

“我哪儿知道！”埃尔维斯说。

他突然想起来，妈妈还在家等着。他得赶紧回家，不然又要听妈妈唠叨了。

“那我们就送你回家！”芒努斯完全没有失望，“这可是件要紧的事！”

“可是，”埃尔维斯问，“今天还是那辆黄色小汽车送我回去吗？”

“不用，我们坐出租车。”芒努斯说，“尽量别让人看到你坐在那辆车里！”

他用胳膊搭在埃尔维斯的肩膀上，他俩一起走出了公园。过了一会儿，芒努斯在路边招手拦下一辆出租车，和埃尔维斯一起坐进后座。

他们两个肩并肩坐着，埃尔维斯心中的阴霾和不快一扫而空，他真希望这段路程永远不会结束。

芒努斯的一只手就放在埃尔维斯的胳膊上。他稍稍低着头，下巴埋在蓝色围巾里，脸上的表情平静而严肃。埃尔维斯怯怯地看了他一眼。他的面孔仿佛雕塑一般，只有鼻翼微微翕动，一双眼睛直视前方，眨都不眨一下。他的手指仍然在埃尔维斯的胳膊上摩挲着。

“知道吗，埃尔维斯，差一点儿我就完蛋了！”

埃尔维斯没吭声。他不知道芒努斯究竟在说些什么。

“搞砸了就是这种感觉！”芒努斯说。

不过看起来，他一点儿也不像是搞砸了的样子。正相反，芒努斯笑得前仰后合，好容易才止住了笑，又恢复了严肃的表情。

“你知道，眼见着局面就要失控的时候，我心里在想什么吗？”

“不知道……”埃尔维斯迷惑起来。芒努斯直勾勾地盯着前方，就好像在梦游一样。虽然他在对着埃尔维斯讲话，可自始至终都没转过头来。

“我心里在想，”他缓缓开了口，“其实我也经常这么问自己，就现在，我会碰上的最糟糕、最可怕的事会是什么？”

埃尔维斯不知道自己该回答，还是该让芒努斯静静思考。芒努斯的声音有些异样，他说的话也奇奇怪怪的，让人摸不着头脑。

埃尔维斯老老实实地说，他也不知道问题的答案。不过事情往往没有人们想象中那么糟糕，那么可怕。

“我们很容易自己吓自己，对吧？而且总把事情往最坏的方面想。”芒努斯说，“人总得有点儿忧患意识。”

芒努斯开始做起深呼吸。埃尔维斯在心里默默数着——一下……两下……芒努斯深深吸进一口气……憋住，然后再缓缓吐出来……

“不对吗？”他突然问道。

埃尔维斯一个激灵。

“对，”埃尔维斯说，“也不对。”

“好好想想！”芒努斯边说边转向埃尔维斯，目光灼灼地盯着他。

“我不知道。”埃尔维斯小声说。

埃尔维斯都不知道自己在说什么。他甚至不知道，自己不知道的是什么。芒努斯那双明亮的眼睛仿佛薄如蝉翼的玻璃，随时可能破碎。

“一切都结束了！”芒努斯说。

他又转过脸去，将下巴埋进围巾。

“你能想象吗……这些都不存在了。”他喃喃说道。

埃尔维斯将每一个字都听了进去，可无论如何都想不明白其中的逻辑。芒努斯的想法真是难以理解。就在他茫然之际，芒努斯又用呓语般的声音说道：“既然什么都没有了，一切危险也就不存在了，对吗？”

埃尔维斯没吭声。芒努斯别过脸，望着窗外。

“我也不知道，自己究竟有没有资格这么想。”他像是在自言自语，“我真的不知道。”

他又转向埃尔维斯，露出一个神秘莫测的微笑。

11 第一张合照

他们首先要在教室内拍照，然后再去学校操场上。

摄影师和老师站在讲台前面，边说边笑，向大家解释拍照的要求。

所有人都要坐在自己的座位上，就像平时上课时一样。对！和平时一样！

平时怎么样，现在就怎么样！

老师重复了无数遍，摄影师跑前跑后，从各种不同的角度取景，然后按下快门。

不过每个人都知道，现在还是有些不一样的。要真和平常一样的话，老师没必要强调那么多遍。

埃尔维斯饶有趣味地环视四周。他的目光从一个人身上移到另一个人身上，大家看着都有些变化。

大多数同学都洗了澡，其中一些还剪了头发。有几个女孩头上扎了蝴蝶结，不过安娜罗萨没有。埃尔维斯尽量不去看她，可余光还是扫到了几眼。其实他不用看就知道，安娜罗萨是变化最小的那个。她依旧扎着两条羊角辫，只不过换了新发绳，上面缀着小花。她的脖子上戴着一条有心形吊坠的项链。

他们就好像两个陌生人一样。这种生疏感在今天显得尤其明显。或许就是因为这个，埃尔维斯才把拍照的事忘得一干二净——他根本不愿意去想嘛！反正他也不能和安娜罗萨在一起玩了，拍照也没什么值得期待的。

如果一切还像从前那样，他们两个肯定会好好计划一番。他们会讨论穿什么衣服，摆什么造型，拍照的时候站在哪里。比如，他们是不是应该在手里拿本书或者抱只毛绒玩具之类的，这样照片拍出来更有意思。当然了，他们得偷偷摸摸地做才行，好在安娜罗萨最擅长和老师打马虎眼了。

总之，他们才不会像现在这样，傻愣愣地坐在自己的座位上，僵硬着身体，按照老师的吩咐，做出“平时的样子”。他们肯定会趁机找点乐子的。

埃尔维斯觉得没劲极了，而且看着每个人都一副扭捏作态的模样，他打心里觉得好笑。老师越是强调“像平时一样”，大家越是表现得不自然。这一点，老师和摄影师应该比谁都清楚才对。当然也有可能，老师是故意这么说的。埃尔维斯早就注意到，大人们想要小孩子完成某件重要的事的时候，反而会掩盖起自己的真实目的，说些言不由衷的话。比如，老师希望全班同学都打扮得整整齐齐地出现在照片里，她就故意不这么说。她知道，一旦说了，一些淘气的孩子就会故意找茬儿。

这倒是挺有趣——埃尔维斯越来越能洞察大人的心思。不过这对于孩子来说可不简单，因为孩子是不会骗人的。

以前，埃尔维斯并不懂这些事情。他还以为大人都是不撒谎的。因为孩子撒谎的时候，他们会非常生气，所以埃尔维斯理所当然地认为，大人自己都是说实话的。

所以，当他发现大人撒谎的时候，感觉就像被兜头浇了一盆凉水。大人撒的谎一点儿也不比孩子少，不过他们的谎言都有些莫名其妙。他们会在一些无关紧要的小事上撒谎，在埃尔维斯看来，这些破事才不值得费脑筋编理由呢。

比如，老师昨天为什么要说，拍照其实也不是什么大事？她完全可以实话实说嘛。对于老师来说，今天肯定有特殊的意义。她特意给头发做了卷儿，嘴唇搽得红红的，眼皮涂得蓝蓝的，平时她可不是这副打扮。

联想到妈妈火急火燎的样子，埃尔维斯突然有些明白了。所有同学都得保持微笑，腰杆挺得笔直。摄影师跑前跑后地按着快门，老师站在教室最后面，大声喊道："喂，埃尔维斯！

你怎么总是东张西望，摇头晃脑的！你简直没有一刻消停的时候！你应该像其他同学那样，双手放在书桌上，眼睛直视前方。就和平时上课一样！”

“我做不到！”埃尔维斯脱口而出，他听见自己的声音透着怒气。

“做不到？你说什么？什么做不到？”

“我做不到像平时一样！大家都和平时不一样！”

老师笑了起来。摄影师也笑了。他们两个交头接耳了一番。老师一向都很温柔和气，可今天却变得苛刻起来。“我们都和平常不一样吗？”她吃吃地笑着，“我看差不多吧？”

她将目光投向摄影师，寻求对方的认同。摄影师点点头，表示同意。

摄影师以前可从没见过他们！他能有什么发言权？

埃尔维斯通常都不会较真儿的，可今天他倔强地反驳说，摄影师根本不知道他们平时什么样。就他看来，大家都表现得很不自然。

教室里鸦雀无声。老师脸上的笑容消失了。

“是吗，我不管你是怎么想的，埃尔维斯！反正你得按照我说的做，早点儿把照片拍完！还有别的班等着拍照呢！”

她的声音透着严厉，埃尔维斯只能乖乖照做。他郁闷地盯着照相机的镜头，对老师感到很失望，有满肚子的话想要说，可是不行，老师只顾着和摄影师说话。

现在她的脸上又露出了笑容。

“太棒了，埃尔维斯！”她一边欢呼一边拍手。“这就对了！你瞧，你安安静静坐着不动，拍出来的照片多好！”

接下来，大家要穿好外套到校园里去。他们的教室在校园里一幢小一些的教学楼里。不过拍照的时候，他们要站在校门口，后面的背景是高年级教室所在的大教学楼。

埃尔维斯要去喝水，所以比其他同学晚到了一会儿。他故意磨磨蹭蹭，但愿大家把他忘了才好。

趁着摄影师调试照相机的时候，老师忙着为大家安排队形。个子最矮的同学站在最前面。其中就包括埃尔维斯，可他根本不想站在前排那么明显的位置。

个子最高的同学站在第二排。大门前有一层台阶，中等个头的同学就站在台阶上，这样会显得略高一些。老师站在最前面指挥着，不断调整大家的位置。埃尔维斯站在一旁，犹豫不决。看样子，老师似乎忘记了他的存在。说不定他悄悄溜走也没人知道……

这时，他看见了安娜罗萨。老师刚把她挪到第三排去，就站在正中间。她的一侧是本特 · 古斯塔夫松，另一侧是约兰·贝里。在一张没有埃尔维斯的照片上！

不！绝对不行！

摄影师正准备按下快门。谁都没注意到，埃尔维斯不见了。不过，他们会看见的！

埃尔维斯像离弦的箭一样冲向学校大门，钻进人群。他站上第三排，正好挤在安娜罗萨和约兰中间。

安娜罗萨飞快地扫了他一眼。埃尔维斯也朝她看了看。安娜罗萨笑了笑，埃尔维斯也笑了笑。安娜罗萨赶紧按照摄影师的要求直视前方，埃尔维斯也照着做。

这时，老师嚷嚷起来："这样照出来效果不行，埃尔维斯！你应该站到第一排去！"

"怎么不行？我觉得他站在那儿挺好！"摄影师发话了。他人还不错嘛，不像埃尔维斯以为的一根筋。

"大家都准备好了吗？"他大声问道。

埃尔维斯目光坚定地直视镜头。

摄影师按下了快门。伴随清脆的一声咔嚓，照片拍好了！

现在，安娜罗萨和他出现在同一幅画面里了——还是挨在一起的！

就应该是这样的！

12 真相大白

“你看我了！”埃尔维斯说，“你还笑了！”

“我笑了吗？”安娜罗萨说。

他们在说拍照的事。

这几个星期以来，埃尔维斯第一次和安娜罗萨一起放学回家。埃尔维斯一下课就跑出教室，站在学校大门外等着。没过多久，安娜罗萨和班里几个女孩说说笑笑着走了出来。她一看见埃尔维斯，就丢下她们，跑到埃尔维斯的身边。

“黑尔佳呢？”埃尔维斯试探地问。

“不知道。”

安娜罗萨摇摇头，目光望向远处。

黑尔佳和他们不在一个班，不过每天放学的时候，她都会等安娜罗萨一起走。特别是最近一段时间，黑尔佳很少让安娜罗萨落单。她不希望安娜罗萨和埃尔维斯在一起，所以总是时时刻刻地盯着。

“你们闹别扭了？”埃尔维斯问。

安娜罗萨没吭声。她在口袋里摸来摸去，最后掏出一把生了锈的小钥匙。这是社区农圃小木屋的钥匙。埃尔维斯一眼认了出来，一颗心兴奋地怦怦直跳。她该不会想要现在就去吧？

可安娜罗萨又将钥匙放回口袋。

“我就是看看钥匙还在不在。”安娜罗萨说。

安娜罗萨显然不愿意多提黑尔佳，埃尔维斯也不敢继续追问下去。

“你觉得拍照有意思吗？”埃尔维斯换了个话题。

“不知道……就那样吧。”安娜罗萨说。

她回答得很敷衍，似乎在想别的心事。埃尔维斯也是。安娜罗萨基本没怎么说话，一直都是埃尔维斯在说。安娜罗萨也不看他。埃尔维斯朝她看的时候，她会刻意回避他的目光。

这也不奇怪——他们两个已经有好长一段时间不在一起了，彼此生疏了不少。其中一个人在浑然不觉的情况下，成为上帝对另一个人的惩罚，这怎么能好得起来呢？要不是这个原因，埃尔维斯才不会眼睁睁看着黑尔佳和安娜罗萨在一起呢。他会让她们见识见识，自己绝不是甘于认命的胆小鬼！不过现在，这一切也不是她们的错。这是上帝的安排。黑尔佳和安娜罗萨不过恰好承担起惩罚他的任务而已。

埃尔维斯真想把这一切原原本本告诉安娜罗萨。可他又担心上帝会更加生气，对他的惩罚变本加厉。说到底，还是要怪上帝这个小心眼儿！在这种鸡毛蒜皮的小事上斤斤计较！埃尔维斯深深叹了口气，然后小心翼翼地看着安娜罗萨。

“不管怎么说，我们是挨在一起的。”他说。

“什么挨在一起……？”

安娜罗萨试图装出迷惑不解的语气，可她肯定明白埃尔维斯的意思。她明显有些走神，确切说，今天她整个人都不在状态。

“当然是在照片上啦，我们两个是挨在一起的。”埃尔维斯说。

“什么……当然？”安娜罗萨依然一脸茫然。

埃尔维斯耸耸肩。这个问题实在不值得纠缠下去。安娜罗萨加快了脚步，然后突然停了下来，板起脸看着埃尔维斯。

“是你主动和我挨在一起的！对，就是这样的！”她说。

“呃……？怎么了？”

“我没有主动和你挨在一起！就是这样的！”

她什么意思？安娜罗萨一副气鼓鼓的模样，就好像受了多大委屈似的。他们说的不是同一回事吗？

“我主动和你挨在一起，你不也就和我挨在一起了吗？”埃尔维斯有点儿不耐烦。他觉得这问题讨论下去实在太无聊。

“才不是呢！是你主动靠过来的！”

“是啊，然后呢？”

“我本来在本特和约兰中间站得好好的，什么都不知道。然后你就靠过来了！还是硬挤进来的！”

“那你可以往旁边挪挪嘛！”

“那怎么行！我得站在老师规定的位置上！然后你突然出现了！非要挤进来！”

她责备地看着埃尔维斯。

“你说什么就是什么吧！我突然出现了！非要挤进去！”埃尔维斯怪腔怪调地重复道。

安娜罗萨被逗笑了，可是一看见埃尔维斯也跟着笑了起来，安娜罗萨立刻恢复了严肃的表情。

“没什么可笑的！”她说。

“确实没什么可笑的，”埃尔维斯也学着她板起脸，“那你为什么要笑呢？”

安娜罗萨将目光转向一旁，不知道该如何回答。然后她好像突然想到了什么，语气变得压抑起来：“整张照片全毁了！都怪你！”

安娜罗萨睁大眼睛等着他。埃尔维斯的反应倒是很平静。

“要我说，恰恰相反。”他说，“整张照片简直完美！”

安娜罗萨轻轻叹了口气，她看了埃尔维斯一眼，又恢复了平常的口吻。

“其实我也这么觉得。我不是那个意思。只不过……黑尔佳知道了会怎么想？”

“她肯定很生气。”埃尔维斯说。

没错。她当然会生气。安娜罗萨一副若有所思的表情。

“她要是知道我们两个挨在一起站着，肯定会觉得我很傻！”

埃尔维斯郁闷地叹了口气。就在他心灰意冷的时候，安娜罗萨突然用力摇了摇头。

“嗐！管她呢！”她像是赌气似的说，“反正都这样了。黑尔佳要生气，就随便她好了。”

原来的那个安娜罗萨又回来了。埃尔维斯的心情又明朗起来，所有的不快烟消云散。这才是他认识的那个安娜罗萨！这才是安娜罗萨会说的话！

“黑尔佳爱怎么生气就怎么生气，”安娜罗萨继续说道，“她不能一直替我做主！”

埃尔维斯很赞同安娜罗萨的观点。不过说起来，事情为什么会发展到这一步呢，埃尔维斯想到上帝对自己的惩罚，不由有些内疚。

“也不能都怪在黑尔佳头上，”他说，“其实……”

安娜罗萨愣住了。他这话什么意思？难道埃尔维斯觉得，这件事安娜罗萨也有份儿？

“不是的，不是的！”埃尔维斯慌忙辩解道。

他完全不是这个意思，他要说的是……

安娜罗萨打断他的话说，反正黑尔佳要承担大部分责任。

“真是什么话都不能和她说。”安娜罗萨感慨道，“她会扯出一大堆莫名其妙的事情，然后非要自己说了算。她什么都要做主！”

安娜罗萨一个劲儿地抱怨黑尔佳有多讨厌，埃尔维斯在一旁默默走着。换作是以前，他肯定会连声附和，可这一次，他实在提不起勇气。他知道这背后另有隐情。到最后，他终于无法再保持沉默了。

“我知道你们为什么不想和我在一起了。”他一字一顿地说，安娜罗萨惊讶地看着他。

“是谁跟你说的？是黑尔佳……？”

“没人跟我说，我就是知道……我纯属自作自受。”埃尔维斯说。

他把心里话一股脑儿全都倒了出来！总算不用憋在肚子里

了！埃尔维斯坦白了自己所有撒过的谎。他说他从来都没敢告诉妈妈，自己和安娜罗萨在一起。为了掩盖自己的行踪，他隔三岔五编造理由。最后他不得不买了个本子，把自己撒过的谎全都写在上面。所以惩罚降临的那一刻，他也不觉得特别意外。

“惩罚？什么惩罚？你在说什么？”

安娜罗萨一头雾水，直愣愣地盯着埃尔维斯。

“惩罚就是，你再也不想和我一起玩了。”

可安娜罗萨还是没明白。这算是惩罚吗？惩罚什么？这一切难道不是黑尔佳造成的吗?

对，这就是惩罚。

“我心里很清楚。”他着急地向安娜罗萨解释说，上帝是很狡猾的。埃尔维斯为了和安娜罗萨在一起，撒了无数的谎，所以上帝特别选中安娜罗萨，作为对埃尔维斯不诚实的惩罚。事情就是这样的!

“才不是！”安娜罗萨惊讶地说，“你真能瞎想！事情根本不是这样的！”

“那是怎么样的？”

安娜罗萨沉思了片刻，然后把事情的经过原原本本地说了出来。

“一开始都怪我，”她说，“是我告诉黑尔佳，我在一旁看你尿尿了。所以我知道你的小鸡鸡长什么样。我的确说过这话。”

“唉，你就不应该……”埃尔维斯一脸无奈，“再怎么说，也不能告诉黑尔佳啊！”

“是啊，我知道，我知道……”

安娜罗萨现在明白了，告诉黑尔佳是一个错误的决定。不过当时她根本没想过，自己随随便便的一句话会引起那么严重的后果。

黑尔佳说，看男生的小鸡鸡是很丑陋的行为。而且也很危险，安娜罗萨可能会得病，整个人甚至会疯掉。要是安娜罗萨打算继续和埃尔维斯在一起的话，黑尔佳就会把这一切都告诉老师。

那样的话，安娜罗萨很可能被迫退学，因为除了她以外，学校里不会有别的女生偷看男生的小鸡鸡。就算安娜罗萨不会退学，埃尔维斯肯定也混不下去。他应该会被学校开除，从此再也不能回去。因为这件事说到底都是他的错，他让安娜罗萨看到他尿尿了。

黑尔佳说，埃尔维斯的行为极其“恶劣”。也许他会因此蹲监狱，或是进少管所之类的。埃尔维斯的结局有多悲惨，完全取决于逮捕他的警察。黑尔佳有时会大发善心，希望他碰上一个宽容的警察，不过大多数时候，黑尔佳都咬牙切齿地诅咒埃尔维斯落在一个特别严厉的警察手里。

“你知道的，她一向都不喜欢你。”安娜罗萨最后说道。

埃尔维斯当然知道。听完安娜罗萨的一席话，他几乎哑口无言。这就是安娜罗萨不能见他的原因。如果这也是上帝对他的惩罚的话，那实在让人啼笑皆非。上帝总可以想出一个更好的办法吧！

“那你现在打算怎么和黑尔佳说？”埃尔维斯问。

“不知道。”安娜罗萨皱起了眉头。

“万一她告诉老师怎么办？”

“嗯，”安娜罗萨的表情凝重起来，“那你可能会被学校开除。我也是。那张照片上，我们两个可是挨在一起的！”

听起来的确很严重。如果埃尔维斯被学校开除的话，老师肯定会第一时间通知妈妈。随着真正原因的曝光，埃尔维斯撒过的谎也都瞒不住了。

安娜罗萨说，假如埃尔维斯被开除了，她也不上学了。她拍着胸脯向埃尔维斯保证。她说，上不上学对她来说无所谓，反正在学校也学不到什么。不过黑尔佳一直警告她说，没上过学的人都是笨蛋，是傻瓜，最后会被关进疯人院的。

“黑尔佳就会吓唬人。”埃尔维斯说。

他们两个琢磨了一会儿，安娜罗萨突然说了一句：“我知道了！我自己去和黑尔佳说！”

“啊？你要说什么？”

“说我和你现在又在一起了。我们两个拍照的时候是挨在一起的。她不是爱和老师嚼舌根吗？那她就去好了。反正我不在乎！”

“我也不在乎！”埃尔维斯说。

他说的是真心话。只要能和安娜罗萨在一起，其他任何事情都不重要了。

既然安娜罗萨敢当面告诉黑尔佳，他们两个又在一起了，那埃尔维斯也有勇气向妈妈坦白。

“我和安娜罗萨·彼得松在一起！”他一回家就要说出这句话。埃尔维斯不再觉得纠结和为难，正相反，他心里坦荡荡的，充满了骄傲，这才是他该做的事。

或许，他也应该顺便告诉妈妈，安娜罗萨看到自己尿尿了。妈妈肯定会很郁闷，不过早点让她做好心理准备也好，万一像黑尔佳说的，埃尔维斯被学校开除了，妈妈也不至于崩溃。

13 跌宕起伏的一天

埃尔维斯三步并作两步地跑上楼梯。他又高兴又激动，迫不及待地要向妈妈宣布，自己和安娜罗萨和好如初了。他不知道自己为何犹豫了这么久。说起来，和安娜罗萨·彼得松在一起能是多大的事呢？妈妈对他做的很多事都不满意，多一件少一件也无所谓了——不过被学校开除可是很严重的。先不管了，走一步看一步，到那天再说！

埃尔维斯打开门，走进门厅。

他格外镇定，已经准备好迎接一场狂风暴雨。

奇怪，家里静悄悄的。收音机没开，妈妈也没有像往常一样迎出来。只有厨房里传出窸窸窣窣的声响……

原来是妈妈，她坐在餐桌旁，哭得像个泪人儿似的，塞桑就趴在她的膝盖上。

埃尔维斯做了种种假设，可怎么都没料到这一出！他的脑

海里闪过无数个念头，它们仿佛受惊的小鸟一样乱飞乱撞。

妈妈已经知道了？

希万阿姨告诉她的？

还是老师打电话到家里来了？

难道黑尔佳已经向老师打过小报告了？

他被学校开除了吗？

埃尔维斯一句话都不敢问，一句话都不敢说，只能默默站在一旁。

出什么事了？妈妈究竟知道多少？

妈妈肯定听见埃尔维斯回家了。可她什么都没说，甚至都没有抬起头看过埃尔维斯一眼。她只顾着趴在桌上，将头埋在臂弯里，哭个不停。

埃尔维斯看见，妈妈已经穿好了外套。门厅的地板上还放着一只收拾好的小旅行箱。

她是打算离家出走吗？

肯定出大事了！

否则妈妈不会有如此激烈的反应。

埃尔维斯肯定被学校开除了！这是唯一的解释。

妈妈都知道了。所以她再也不想见到埃尔维斯。就像她常说的那样，她的“脸都丢尽了”。老师肯定把黑尔佳的话原原本本地告诉了妈妈。妈妈听到小鸡鸡的事，一定满脸通红，羞愧得无地自容。

真倒霉，埃尔维斯还是慢了一步。如果妈妈能先从他嘴里听到这些，至少会有所准备，不至于受到这么大的惊吓。妈妈当然还是会生气，会难过，可是至少不会在老师面前丢脸了啊。老师打电话来的时候，妈妈应该已经能猜到大致的情况了……

可现在呢，妈妈被打了个措手不及。她不停地哭啊哭，连头都没有抬过一次。这比骂他还让他难过。

埃尔维斯不知道自己该怎么办。这一切都是他造成的，所以现在，无论他说什么都是火上加油。

埃尔维斯只能手足无措地站在那里……

这时，爸爸回来了。

爸爸今天这么早就下班了吗？妈妈肯定给他打电话了……上次收到儿童管教委员会寄来的信时，妈妈也是这个反应。那次他和安娜罗萨去高尔夫球场捡高尔夫球，结果被当成了小偷。妈妈勃然大怒。唉……埃尔维斯给妈妈惹了多少麻烦！虽然他不是故意的，可的的确确造成了伤害。他怎么就不能让妈妈省点儿心呢！

爸爸冲埃尔维斯点了点头，然后走到妈妈身边。见妈妈毫无反应，爸爸将手轻轻放在她肩膀上，表情似乎很哀伤。

“有我在呢。”他说，“你准备好了，我们就出发。”

妈妈从臂弯里抬起头，将塞桑抱到地板上，然后抽抽搭搭地站起身。她好不容易止住了哭泣，可一看见埃尔维斯，眼泪又不争气地涌了出来。埃尔维斯心如刀割。最好还是别招惹妈妈吧，他这么想着，默默退到一旁。

“你和埃尔维斯说过了吗？”爸爸问。

妈妈摇了摇头，鼻子一抽一抽的。塞桑汪汪叫了起来。

爸爸严肃地看着埃尔维斯。埃尔维斯本能地低下头。他很同情爸爸。当然，妈妈也很可怜，可眼前这个烂摊子，显然要由爸爸来收拾。爸爸心里得多痛苦啊。埃尔维斯正在忐忑不安，爸爸开口说道：“是这样的，埃尔维斯。外公突然病了，妈妈得赶过去照顾他。”

妈妈抽噎着冲向埃尔维斯，张开双臂一把将他抱在怀里，久久不肯松手。妈妈一边哭一边断断续续地说：“我的埃尔维斯，妈妈的小宝贝……妈妈真不知道该怎么办才好……”

塞桑在厨房里绕来绕去，从一个人脚边跑到另一个人脚边，急得团团转。埃尔维斯一动不动地站着，两条胳膊被妈妈紧紧箍住，动弹不得。

所以妈妈不是因为他而哭的？

她真的什么都不知道吗？

埃尔维斯还以为……可他还是要告诉妈妈的！不过不是现在！他要怎么做？妈妈抱着他一个劲儿地哭，埃尔维斯向爸爸投去求助的眼神。

爸爸一直拎着妈妈的旅行箱站在一旁看着，也是一副无助的模样。见气氛越来越尴尬，爸爸走过来，轻轻拉开妈妈的手，说道："我们现在就走吧？"

妈妈这才松开埃尔维斯，擦了擦眼泪，跟着爸爸走了出去。他们把塞桑也一起带走了。

"我很快就回来，"爸爸对埃尔维斯说，"我开车送一趟妈妈，送到了就回来。"

他们走了。家里又变得静悄悄的。埃尔维斯觉得心里空荡荡的，有着说不出的难过。他不知道自己能做些什么。

外公病了……

原来是这样……

他的第一反应是，还好生病的不是爷爷。想到这里，他赶紧给爷爷打了个电话。

可是没人接听。爷爷不在家。电话那头只有嘟嘟的声音。

埃尔维斯从这个房间走到另一个房间，在家里转了一圈又一圈。

今天是几号来着？3月3号。要么4号。要么5号。埃尔维斯把日历一页一页撕下来。再一页，又一页……一直撕到3月12号那天。他瞥了一眼报纸，才意识到今天才3号。不过提前多撕几页也没关系吧。他和妈妈说一声就行了，接下来的一个星期都不用撕日历了。

外公病了……

妈妈是不是得一直住在那里，等到外公好了再回来？

但愿不用——埃尔维斯还想尽快把安娜罗萨的事告诉妈妈呢，好让妈妈有个心理准备！最坏的情况，他直接打电话到外公外婆家，在电话里说也行！

还好生病的不是爷爷……

唉……奇怪了，电话那头总是嘟嘟响！他们去哪儿去了这么久？奶奶一般都会接电话的……然后告诉他爷爷在哪儿。埃尔维斯心里越来越不安。

等等，那是什么！电话机下面压着一封信。是寄给他的！埃尔维斯之前都没发现。肯定是今天才寄到的。又是托尔斯滕写来的。真有意思！

埃尔维斯，你好。你忘了告诉我，你搓的雪球是松的那种还是紧的那种？它们是有区别的。如果你搓得很紧的话，里面就能容纳更多的雪花。所以我必须得知道才行。期待你的回信！要抓紧！雪很快就要化了。

你的朋友托尔斯滕

对哦。雪球搓得紧不紧是个很重要的因素。埃尔维斯之前怎么就没想到呢。他光顾着好奇一只雪球里有多少片雪花，但是对前提条件考虑得并不周全。还好托尔斯滕比较细心。

埃尔维斯立刻坐下来给托尔斯滕写回信。托尔斯滕说得没错，很快就要到春天了，积雪正在消融，所以他得抓紧才行。至于答案嘛，埃尔维斯心里早有了数，他不会把雪球搓得太紧，不然会显得灰秃秃、硬邦邦的。他喜欢白胖胖、松软软的雪球，表面还会泛着亮，一看就知道是星状雪花搓成的。

信写好啦！埃尔维斯写得清清楚楚，明明白白，只需要再贴上邮票就能寄出去了。不过邮票得问爸爸要才行。

爷爷现在总应该回家了吧！

还没有，电话那头仍然嘟嘟响个不停，这也太奇怪了吧……

爷爷奶奶什么时候才能接电话呢？埃尔维斯觉得孤零零的，他真想和爷爷说说话……

就在这时，门铃响了！埃尔维斯愣了一下，然后放下电话听筒。会是谁呢？埃尔维斯不敢开门，他的一颗心怦怦直跳。

在期待了那么久之后，他终于又和安娜罗萨在一起了。可他心里总觉得有点儿不踏实。

这一切突然变得很不真实，就好像整个世界都空了一样，只剩下他一个人。所以门铃响起的那一瞬间，埃尔维斯只觉得害怕。除了他以外，世界上哪还会有其他人呢？

所以，门外站的会是谁？

埃尔维斯蹑手蹑脚地穿过门厅。他将耳朵贴在门板上仔细听着，外面的楼梯间里一点儿声音也没有。门上的信箱插槽冷不丁开了，然后又啪嗒一声合上了。埃尔维斯打了个激灵。一个白色信封从槽口掉了下来，正落在他的脚边。

信封上写着几个大字：埃尔维斯收！他太熟悉这笔迹了！这不就是……！埃尔维斯迫不及待地开了门——爷爷正往楼下走去。

“原来你在家啊？”爷爷边说边转过身来。

他迈开大步跨上楼梯，一把抱起埃尔维斯，然后直视着他的眼睛。

“怎么了？”爷爷问。

“你来了真好，爷爷！”

“我就猜到你想我啦！”爷爷笑着说。

“我刚才给你打电话来着，可是没人接。”埃尔维斯说。

“我在来的路上嘛。奶奶去教堂了……他们今天有个活动。”

爷爷将埃尔维斯抱进厨房，和他一起在餐桌边坐下。埃尔维斯的面前摆着爷爷刚塞进信箱的白色信封。他现在还不想拆开来。他想要等一等。

“爷爷……”他开了口。

“怎么了，埃尔维斯？”

“外公病了。”

爷爷点点头。他已经知道了。爸爸打电话告诉他，妈妈要去那里住上几天，就剩爸爸和埃尔维斯两个人在家。

“外公病得很重吗？”埃尔维斯问。

爷爷说，现在还不好说，但外公的情况不太妙。

“他会死吗？”

埃尔维斯眼睛一眨不眨地盯着爷爷。爷爷也看着他。

“我们当然不希望会那样……你为什么会这么问？”

埃尔维斯没吭声。爷爷问，妈妈是不是很担心？

是的，她哭得可伤心了……埃尔维斯从没见过她哭成那样。顶多就是上次，妈妈收到儿童管教委员会寄来的信，得知埃尔维斯被记录在案后，她也哭得稀里哗啦的。

爷爷一脸若有所思的表情。

“是啊，妈妈也会哭的。”他说。

埃尔维斯出车祸的那次，爷爷也听见妈妈哭，哭得撕心裂肺的。爷爷说，他从没见妈妈哭得那么绝望。

埃尔维斯伸出手，爷爷把它紧紧握在自己的手心里。

“还好生病的人不是你，爷爷！”

爷爷望着窗外出神，他听见埃尔维斯轻轻松了口气。过了好一会儿，爷爷才说道：“下一次可能就会轮到我的，埃尔维斯。”

“也可能是我！”埃尔维斯赶紧说道。

是啊，谁都不知道……爷爷用力握了握埃尔维斯的手，目光仍然望着窗外。

就在这时，爸爸回来了。他去了趟超市买了东西，爷爷和埃尔维斯帮忙将沉甸甸的购物袋拎了进来。接着，爸爸开始在厨房张罗起晚饭。他没说外公的情况，埃尔维斯也没问。爷爷自然也不说什么。趁着爸爸煎牛排的时候，埃尔维斯和爷爷一边摆放餐具，一边找些别的话题，有一句没一句地聊着。

晚饭做好了。爷爷把白色信封放在埃尔维斯的盘子上。信还没拆。埃尔维斯想等到餐后甜点的时候再说。

爸爸和爷爷各倒了一杯烈酒，仰起脖子一饮而尽，接着又倒了一杯——他们还给埃尔维斯倒了一小杯啤酒，和他碰杯。

这是一顿热闹而丰盛的晚餐。

餐后甜点是冰激凌。爸爸不像妈妈那样给埃尔维斯限量，而是将整整一大盒全都放在餐桌上，埃尔维斯想吃多少就吃多少。巧克力酱也是，埃尔维斯想挤多少就挤多少。一罐挤完了再开另一罐。

没等埃尔维斯吃完冰激凌，爸爸又拿出三罐汽水放在他面前：一罐是柠檬味的，一罐是草莓味的，一罐是香蕉味的。随便他选，就算他想把三罐都喝完也没关系。

“要喝就喝个痛快，抠抠唆唆地多没劲！”爸爸说。

爸爸和爷爷喝起啤酒来也毫不含糊。他们喝了好多瓶。爸爸每开一瓶都会发出啪的一声脆响。然后他们将啤酒瓶高高举起，仰起脖子咕嘟咕嘟灌下去，有时还会边唱歌边碰杯，汽水冒着泡儿，啤酒泛着沫儿。

其间有好几次，埃尔维斯也会想到外公生病的事。不过也就是一闪念而已。埃尔维斯并不特别忧心。他本来就不喜欢外公，但也不至于……

埃尔维斯想知道，爸爸是不是完全忘了这码事。反正看起来是的。

白色的小信封还躺在餐桌上。埃尔维斯差点儿就把汽水泼了上去……现在是时候拆开它了。埃尔维斯已经连吃了三碗冰激凌，得歇一会儿才行……

是三张票！

他们今晚要去剧院观赏杂耍，一名魔术师会在那里登台表演。爸爸、埃尔维斯和爷爷三个人一起去。城里很少有杂耍演出。爸爸对魔术的喜爱程度仅次于足球，而对于埃尔维斯和爷爷来说，魔术表演比其他任何节目都有意思。他们得赶紧出发了，眼见着来不及洗碗收拾桌子了。

“就先放着好了。”爸爸说。

“对，先放着好了。”埃尔维斯说。

妈妈在家的时候，绝不会容忍这种事情发生。

不过一想到外公病了，埃尔维斯总觉得怪怪的……倒不是因为他有多喜欢外公，可他总忍不住会去想。虽然那些念头都是一闪而过，但要忘记也没那么简单……

爸爸仿佛看穿了埃尔维斯的心思，一把托起他的下巴，直视着他的眼睛。

“你要知道，埃尔维斯，我，你，还有爷爷，并不是总有机会聚在一起的。就算我们愁眉苦脸地在家里坐上一天，外公的病情也不会因此好转，所以……我就是觉得……”

“你这么想一点儿也没错！”爷爷说，“总而言之就是，我们跟着受罪，也换不回他的健康。所以我们赶紧出发吧！”

时间不多了，他们得抓紧了。趁着爸爸换衣服的时候，爷爷用爸爸的电动剃须刀刮了胡子。埃尔维斯在一旁帮他检查边边角角是不是都刮干净了。

然后他们出了门。

外面漫天大雪，好在空气清冽而洁净。月亮高悬在夜空，映亮了剧院公园内的一汪小水塘。埃尔维斯望着银盘一样的满月，耳畔回荡着曼妙而动听的旋律。

爸爸买了一大堆好吃的，把每个人的口袋都塞得满满当当的。他们三个坐下来的时候，零食的包装纸发出一阵窸窸窣窣的摩擦声。爷爷选了最好的位置，他们的票对应着第一排的三张红沙发。爷爷请客的时候从来都很大方。埃尔维斯高高兴兴地坐在了爷爷和爸爸中间。

这一切就像一场梦。

短短一天内竟然会发生这么多的事，还是如此跌宕起伏。

先是从今天早上的拍照开始……

然后，他和安娜罗萨和好了……

他回家正准备向妈妈坦白……

却看见妈妈哭得很伤心，他还以为自己被学校开除了……

后来才知道，原来是外公病了……

爸爸妈妈离开没多久，他看到了托尔斯滕寄来的信，立刻写了回信……

他一个人在家觉得有点害怕……

这时，爷爷出现了！然后爸爸回来了，他们吃了一顿大餐！

再然后，他就坐在这里了！观看杂耍演出！

多么离奇的一天！

而这一天还没有结束！

爷爷身边的沙发一直空着，就在开场前，灯光熄灭的前一秒，一个人突然匆匆赶了过来，坐在了那张空沙发上。埃尔维斯没多想，也没看清那个人的模样。

谁知道，坐在那张沙发上的人竟然是芒努斯·林德。

演出结束后，大家准备离场时，埃尔维斯才发现。芒努斯·林德已经快要走出去了。

也就是说，埃尔维斯、爸爸、爷爷和芒努斯·林德今晚观看了同一场演出。芒努斯·林德应该没有看见埃尔维斯，不过没关系。他们坐在了同一排，而且靠得很近。

芒努斯·林德的形象因此显得真实起来。

有的时候，埃尔维斯几乎会怀疑，芒努斯是不是自己虚构出来的人物——特别是他和妈妈提到这个名字的时候，感觉就像在撒谎一样。

但他并不是虚构出来的。他是真实存在的！芒努斯·林德和埃尔维斯他们一样，今晚也观看了杂耍演出。

这真是不可思议的一天……

但到了晚上，埃尔维斯的心情却没有那么平静和快乐了。为什么呢？他也不知道。管它呢！埃尔维斯倒头就睡，一觉睡到了天亮。

清晨时分，鸟儿在窗外叽叽喳喳地叫着，阳光斜斜地照进房间。春天的脚步越来越近了……

爸爸在浴室里吹着口哨。

埃尔维斯伸了个懒腰，惬意地哼起小调……这一觉睡得可真舒服！

他突然不吭声了，身体像僵掉了一样……

外公……

不过，就算埃尔维斯晚上睡不好，外公也不能立马好起来……

或者就算爸爸不吹口哨……

14 妈妈回来了

“这是什么意思？是谁把日历撕成这样的？”

妈妈在家里走来走去，目光锐利地检视着一切。她走了整整三天，不过现在回来了。她是一大早到家的。外公还是病着，但情况稍稍有所好转，所以妈妈也不需要成天陪在旁边了。

“今天又不是3月12号！今天明明是3月7号！日历是闹着玩的吗？”

她瞪着埃尔维斯。

“我没有闹着玩……我想着，这样你就不用撕了……我本来是想告诉你一声的……”

埃尔维斯的舌头就好像僵掉了一样，结结巴巴地说不出话来。今天他和爸爸要接受妈妈的审问。

虽然和妈妈走的时候相比，家里明显已经变了样，可埃尔维斯和爸爸都觉得，他们收拾得还算整洁干净。昨天听说妈妈要回来了，他们忙活了整整一个晚上。碗也洗了，垃圾也扔了，花也浇了。

“我本来想要用吸尘器把家里都吸一遍的，”爸爸说，“可是……”

爸爸心虚地留意着妈妈的一举一动，脑子里不断在琢磨着，她又发现哪儿不对劲了？妈妈像只猎犬一样，在家里嗅来嗅去，不放过每一个角落。

“这儿就像经历了一场世界大战一样！”她边说边拿过一口汤锅仔细清洗起来。埃尔维斯知道，那是爸爸洗过的锅，他还帮着沥干了呢。

“我在辛辛苦苦照顾生病的老父亲，你们倒好，趁机在这里吃喝玩乐！”妈妈说着，眼睛又瞄上另一口锅。

那口锅他们根本没用过，所以埃尔维斯完全不担心妈妈看出任何破绽。保险起见，妈妈还是清洗了一遍。然后，妈妈又盯上了一口煎锅，拿过来仔仔细细地打量着。

爸爸和埃尔维斯一声都不敢吭，只能默默站在一旁看着。妈妈走来走去，一边唠叨着，这只花瓶应该放在窗台上，那把雨伞怎么会出现在门边，一边麻利地将家里的东西各就各位。

埃尔维斯和爸爸时不时互相瞄上一眼，他们还以为自己做得挺好，可没想到……他们再怎么收拾，也达不到妈妈所谓井井有条的标准。

“我看出来了，爷爷来过了！”妈妈一边嚷嚷，一边从水桶里捡起一截湿漉漉的烟屁股，直接伸到爸爸鼻子前面。

“哎呀……我忘记倒水桶了。”爸爸搔了搔脑袋，“我不是故意的！等一下，我马上就……”

爸爸赶紧往水槽边走去，可妈妈已经失去了耐心。就在爸爸想要上前帮忙时，妈妈凶巴巴地将他拦了下来。她得让爸爸知道，平时这家里的粗活累活，都是谁默默承担下来的！

爸爸无助地东张西望，他想找点事情做，可怎么做都不对。

“你能不在我眼前晃来晃去，碍手碍脚吗！”妈妈转过身，背对着爸爸，低下头忙个不停。现在妈妈正在清洁炉子。

“我就是想看看有什么能帮上忙的。”爸爸说。

他一脸迷茫地站了一会儿，然后走掉了。房门在他身后重重地合上，妈妈从炉子上抬起头来。

“他不是要……？他就这么走了？也不管……”

妈妈叹了口气，继续对着炉子刷刷洗洗。

现在，家里只剩埃尔维斯和妈妈两个人了。

机会来了！现在，埃尔维斯可以把事情告诉妈妈了。不过不能一股脑儿全说出来，最好一件一件慢慢来，让妈妈缓一缓，不至于一下子火冒三丈……

埃尔维斯不打算帮忙，现在这种情形下，他只会越帮越忙。妈妈已经很清楚地表明了态度：她要自己来。埃尔维斯走到一旁，抱起角落里的塞桑玩了起来。

“塞桑要睡觉，埃尔维斯！你别逗它！”

今天妈妈看什么都不顺眼。埃尔维斯很想溜出去，可他还有重要的话要对妈妈说。于是他坐在椅子上等着。

这时电话铃响了！埃尔维斯有点害怕。好在电话和他无关，是一个电话阿姨打来的。妈妈和对方聊起外公的事，她说自己也就离开了几天，家里乱得不成样子，她一回来就得大扫除。妈妈把自己做过的事一件一件列出来，然后说她还有好多家务要做，所以没时间多聊。埃尔维斯指望她会很快挂断电话，可是没有。妈妈还得把自己要做的事一件一件列出来。

最后，妈妈总算讲完了，重新回到厨房。现在轮到花花草草了，妈妈皱着眉头打量着它们。

“怎么回事？你爸爸到底有没有给它们浇过水？”

“有。他每天都浇！”

这一点埃尔维斯可以做证，昨天他也帮着浇水了。妈妈没说话，伸出手将枯黄的叶子从花盆里一片片摘掉。她说，除了浇水，摘掉枯叶也很重要，可是爸爸忘得一干二净。不过妈妈似乎不怎么生气。打完电话后，她的情绪好了很多。

埃尔维斯的机会来了！

“妈妈！”他说。

“怎么了，小家伙？”

妈妈的话充满了鼓励，自从回家之后，妈妈还没有表现得这么温柔。

埃尔维斯鼓起勇气。

“我和安娜罗萨·彼得松在一起！”他一字一顿地大声说道，几乎快喊出来。

妈妈愣住了。她一声不吭，心不在焉地摆弄着花盆，不小心掐掉了一片新鲜的绿叶。妈妈捡起叶子，赌气似的地伸到埃尔维斯眼前。

“你瞧瞧！都是因为你……”

她拿着叶子的手颤抖个不停。妈妈突然扔掉叶子，咆哮起来：“好啊，埃尔维斯……现在外公还躺在病床上，你要是觉得，你非得挑这个时候和安娜罗萨·彼得松在一起，那你们就在一起好了……”

妈妈的声音带着哭腔，她始终没有正视埃尔维斯，而是埋头摆弄着花花草草。

埃尔维斯正准备继续往下说，却被妈妈抢了先。

“埃尔维斯，你可真有能耐啊，说话也很有水平嘛。我知道，你看见妈妈很伤心，所以就想出这种方式来安慰妈妈。我谢谢你啊！真是体贴！”

妈妈说的话，埃尔维斯一句都没听进去。他只觉得耳边嗡嗡作响，满心希望着妈妈能早点安静下来，这样就轮到他说话了。他改变主意了，不如趁热打铁，一鼓作气把事情都交代了算了。要是现在不说，以后也没机会再提了。

妈妈一说完，埃尔维斯立刻大声宣布道：“安娜罗萨·彼得松看到我尿尿了！”

因为太过用力，埃尔维斯的脸涨得通红，他能感到阵阵燥热。当然了，在妈妈看来，他也许是不好意思羞红了脸。

厨房里传来咣当一声。妈妈刚打算把一只花盆搬到窗台上，结果手一松，花盆结结实实地掉在水槽里面，左摇右摆地晃来晃去。妈妈气得浑身哆嗦。她一脸错愕地盯着埃尔维斯，几次张开嘴巴，可一句话都说不出来。

在埃尔维斯看来，妈妈这表情就好像不相信他似的。埃尔维斯决定把话说清楚。

“是真的！”他强调了一句。

说完，埃尔维斯放松地呼出一大口气。好了！现在他把心里话都说了出来。一人做事一人当，他是不会后悔的。虽然前前后后拖了这么久，但他总算是做到了！

埃尔维斯镇定而骄傲地看着妈妈。妈妈的眼神则有些空洞，就好像见到鬼似的惊恐。

埃尔维斯转过身，一步步朝门口走去。

他该做的都做了，该说的都说了。

这时，妈妈仿佛如梦初醒一般跳了起来。

“你给我站住！”她一边吼一边追了上去，“你哪儿也不许去！”

埃尔维斯乖乖地停下脚步。事实上，他也不打算去哪儿。看见妈妈一副气急败坏的模样，他突然有点儿犹豫。或许最后一句是不该说的。他也不确定妈妈听见了没有，但那句话实在没必要。他应该解释得更清楚一点儿……因为安娜罗萨不知道男生尿尿是什么样，所以她才看的。对，他应该这么说才对。

“是这样的……”埃尔维斯刚起了个头，却被妈妈断然喝止了。

“见鬼，埃尔维斯！真是见鬼！你也真能干得出来！你可怜的外公还病着……谁都不知道……”

“他不是好点儿了吗，”埃尔维斯说，“再说，外公和这件事没关系。”

“好点儿了……没关系……”

妈妈突然号啕大哭起来。

“我都不知道你这么残忍，埃尔维斯，这么没心没肺！”

妈妈哭得更凶了。

“可是妈妈，”埃尔维斯试探地说，“安娜罗萨不知道男孩是怎么尿尿的……她之前没看过。”

“这有什么好看的！”妈妈抽抽搭搭地说。

“安娜罗萨也是这么说的，她也觉得没什么好看的。”埃尔维斯说。

“安娜罗萨觉得……可她为什么偏要看你呢……？”

妈妈气得语无伦次。埃尔维斯好不容易才听懂她的意思。既然安娜罗萨看见了，那就看见了吧。再说除了埃尔维斯，其他人也不会再让她看见了。

“那我倒要问问了，为什么你就会呢？”

“因为我们是好朋友嘛。”

“这样啊，所以你和安娜罗萨·彼得松是好朋友？”

“嗯……”

“那她有没有让你看女生是怎么尿尿的呢？”

妈妈一脸狐疑地看着埃尔维斯，大颗大颗的泪珠滚落下来。

埃尔维斯迟疑了。他努力回忆着，自己究竟有没有见过安娜罗萨尿尿……

“我不知道，”他说，“我觉得应该有，可我不记得了。”

“不记得了！这种事还能忘吗！”

可埃尔维斯真的忘了。不过他没吭声，现在说什么都显得多余。

妈妈掏出一块手帕擦眼泪。可手帕太小了，她干脆撕下一张又大又厚的厨房用纸。

“真不知道我为你流了多少眼泪，埃尔维斯。”她一边叹气，一边将厨房用纸压在眼睛上。

是啊，这是个好问题。埃尔维斯得仔细想一想。他饶有趣味地看着妈妈。

“你试着数过吗？”他问。

妈妈愣住了。她将厨房用纸从眼睛上拿下来，怔怔地看着埃尔维斯。他在开玩笑吗，还是成心要她玩？这种事很好笑吗？他就没意识到……？他难道一点儿也不在乎妈妈的感受？

他们的目光交会在一起——妈妈红肿着眼睛，而埃尔维斯的目光依然清澈。

“你流过的眼泪，大概和雪球里的雪花一样多。”埃尔维斯说完，给了妈妈一个甜甜的微笑。

这孩子！怎么就长不大呢！

15 妈妈的旧照片

很晚了，大家都已经上床睡觉的时候，家里的电话铃响了。

是外婆打来的。外公的情况突然恶化了，必须转往城里的医院。现在他一个人住在医院里。外婆已经开车回到乡下家里。医生说，外公暂时没有生命危险，但他病得很重。

埃尔维斯很担心妈妈又会忍不住失声痛哭起来。但这一次，妈妈并没有哭。她挂了电话，默默走到床边坐下来，一句话也没有说。直到爸爸询问缘由，妈妈才解释说，外公的病情又恶化了。

埃尔维斯还在忐忑不安地等着妈妈哭出来的那一刻。爸爸一直在安慰妈妈，他说，应该不会那么危险，外公住进医院也是好事，他肯定会得到最好的照顾，很快恢复健康的。

“只要活着，就有希望。”爸爸说。

对于爸爸说的每一句话，妈妈都会点点头。可埃尔维斯觉得，妈妈的动作机械而麻木，很可能一句话都没听进去。

后来妈妈说，现在大家都该回去睡觉了。她帮埃尔维斯盖好被子，轻轻拍了拍他的脸颊，然后转身往外走去。

“能把门留条缝吗？”埃尔维斯小心翼翼地问。

埃尔维斯睡在厨房，爸爸妈妈睡在卧室。

“当然。”妈妈说完，将厨房的门和卧室的门都留了条缝。

厨房和卧室之间隔着门厅，不过从埃尔维斯睡觉的地方，可以直接看到卧室里的动静。爸爸已经睡下了。妈妈躺在属于她的一侧，关了灯。家里静悄悄的，他们三个谁都没有发出一点儿声音。

埃尔维斯想知道，爸爸妈妈睡着了没有。反正他自己睡不着。

爸爸说，只要活着，就有希望。埃尔维斯很好奇这句话究竟什么意思，可终究没问出口。他把每一个字都在心中默念了一遍又一遍，可还是觉得迷惑。他有种隐隐的不安。他知道这是安慰人的话，可听起来总觉得沉甸甸的。

妈妈为什么没有哭呢？这一点也让他觉得不对劲。要是妈妈像平常那样号啕大哭起来，他的心里反而会觉得踏实一些。虽然埃尔维斯很怕妈妈哭，可妈妈的沉默更让人担心。现在他更茫然了。

爸爸妈妈的卧室里一点儿动静也没有。

他们肯定躺着一动不动。可他们真的睡了吗?

埃尔维斯也一动不动地躺着，可他还醒着。

他不知道自己这么躺了多久，这时，卧室里突然传出一阵细碎的窸窣声，紧接着是轻轻的脚步声。

埃尔维斯看见妈妈轻手轻脚地穿过门厅，走进客厅。埃尔维斯很想跟着过去，可又不敢轻举妄动。他从床上坐起身来，从门厅的镜子里看过去，妈妈正站在柜子前面。她打开柜门，从里面取出一只白色的鞋盒。接着，她的身影从镜子里消失了。虽然埃尔维斯什么都看不见，但从声音判断，妈妈应该是坐在了沙发里。妈妈划亮了一根火柴，镜子里立刻映出一簇微弱的火光。埃尔维斯猜测，妈妈应该点着了茶几上的蜡烛。

她在做什么?客厅里一点儿声音也没有。

爸爸没有跟着起来。他肯定睡着了。

一想到妈妈还坐在客厅里，埃尔维斯怎么都睡不着。他很想进去坐在妈妈身边。说不定她觉得很孤单呢!不过也可能，妈妈宁愿一个人待着?埃尔维斯犹豫了……

他耐着性子等了一会儿。有了——他可以假装自己去尿尿嘛!

这是个好办法。埃尔维斯从沙发上爬下来，蹑手蹑脚地从客厅门前经过。他看见妈妈一个人坐在沙发里，膝盖上摆着那只鞋盒，似乎在就着烛光打量着什么。妈妈完全沉浸在自己的世界里，完全没有听见埃尔维斯的脚步声。

埃尔维斯钻进厕所，在马桶前站了一会儿。他一点儿也不想尿尿，不过为了确保万无一失，他还是按下冲水扳手。妈妈肯定听见了哗啦啦的水声。埃尔维斯往回走的时候，妈妈刚刚盖好鞋盒的盖子。

妈妈抬起头。埃尔维斯在门边停下脚步。

“你还没睡吗，埃尔维斯？”

“没有……妈妈，你也没睡吗？”

妈妈默默摇了摇头。她的脸颊湿漉漉的，显然刚刚哭过。妈妈一定悄无声息地流着眼泪，埃尔维斯连一声啜泣都没听见。他惊讶极了，妈妈从来都是哭得很大声的！

埃尔维斯真想跑过去坐在妈妈旁边，趴在妈妈膝盖上，或是紧紧抱住妈妈。他很想好好安慰妈妈……可他不敢。妈妈应该会觉得很尴尬吧，埃尔维斯也会不好意思的。

“他不是……外公不是好些了吗？”埃尔维斯问道。

妈妈好半天才回过神来，心不在焉地看着他。

“啊……？你说什么？”

“没，没什么……”

“回去睡觉吧，小埃尔维斯。睡个好觉。”妈妈吹灭了蜡烛。

埃尔维斯轻手轻脚地走进厨房，钻进被窝，可胸口仍然觉得闷闷的。他翻了个身，盯着门厅的方向，心中一阵刺痛。

妈妈还是一个人坐在黑暗里吗？

埃尔维斯不知道自己还能做什么。过了好一会儿，他从门缝中看见妈妈掠过的身影。紧接着，卧室里传来妈妈回到床上的声响。

日子似乎过得特别慢。妈妈待在医院的时间越来越多。

每次她从医院回来的时候，埃尔维斯都会用疑问的眼神看着她，那意思是：外公好些了吗？可妈妈什么都不说，埃尔维斯也什么都没问。

奇怪的是，妈妈从没在任何人面前哭过。埃尔维斯知道，妈妈一个人的时候，肯定不知道流了多少眼泪。可他既没听见过，也没看见过。妈妈也许太伤心了，伤心到不愿让别人知道。

这天，埃尔维斯也要跟着妈妈去医院了。

妈妈说，外公要是知道埃尔维斯去了，肯定会很高兴的。

“外公这么说的？”埃尔维斯问。

妈妈没有立刻回答他的问题，只是在手袋里掏来掏去。

“外公现在很累，说不了太多的话。不过我知道，他一定是想见你的，埃尔维斯。”妈妈说。

爸爸也会一起去。因为外公精力不济，他和埃尔维斯不能逗留太久。

埃尔维斯自己也住过院，遭遇车祸后，他在医院躺了好一阵子。不过他从没去医院探望过病人，他都不知道医院原来这么大。他自己住院的时候从没想过这件事。这次，他确确实实吓了一跳。长长的走廊似乎看不到尽头，两旁都是房间。有这么多人生病吗？埃尔维斯觉得，探望病人的感觉可比自己住院的感觉糟糕多了。

他们来到外公的病房外。一名护士走出来说，外公很快就要醒了。可他们进去的时候，外公又睡着了。他闭着眼睛，安安静静地平躺在病床上，一动也不动。埃尔维斯简直不敢相信，眼前的人就是外公。外公总是干劲儿十足的模样，还有点凶巴巴的。可现在，他看上去一点儿精神也没有，虚弱极了。

埃尔维斯想起在他擅作主张跑去爷爷家之前外公的样子。那次外公给他买了一支很大的冰激凌。那时的外公笑得很大声，神采奕奕，威风凛凛。回家路上，外公一边走，一边用手杖打向路旁的花儿。他挥着手杖打来打去，把那些花儿的小脑袋都打掉了。

躺在病床上的人，真的是埃尔维斯的外公吗？

爸爸一直握着埃尔维斯的手，和他一起站在床脚后面。妈妈走上前去，轻轻拍了拍外公的脸颊，轻声告诉他，埃尔维斯来了。

过了好一会儿，外公才睁开眼睛看着妈妈。妈妈伸出手，招呼埃尔维斯靠近一些。爸爸和埃尔维斯走了过去。外公这才看见了埃尔维斯。他看了看爸爸，又看了看妈妈。外公的两只眼睛显得特别大。

外公挣扎着想要和妈妈说些什么，可他的声音太虚弱了。外公的眼神里写满了疑问。妈妈只能试着猜测他的想法。她指着床头柜上的东西，一件一件地问。可外公只是疲惫地摇摇头。

“对了，时间！”妈妈最后说，“现在快三点半了。”

妈妈把床头柜上的手表递给外公。外公接过来的时候，双手微微颤抖着，似乎在强打着精神。他盯着手表看了好一会儿，双手慢慢垂下来，放回被子上。

妈妈将手放在外公的手上，轻轻摩挲着，然后冲埃尔维斯的方向点了点头。外公又一次将目光转向埃尔维斯，久久地凝视着他。埃尔维斯也看着外公。

爸爸小声说，他和埃尔维斯该走了。外公今天已经很累了，他们改天再来好了。

埃尔维斯和爸爸朝门口走去。妈妈留下来陪外公。她坐在病床旁的一把椅子上，冲他们轻轻挥了挥手。埃尔维斯看着妈妈，她和在家的时候完全不一样了。她的动作温柔而平缓，丝毫没有不耐烦。要是她在家里也是这样的态度，埃尔维斯肯定不会和她吵架。妈妈抚摸着外公的手，朝埃尔维斯和爸爸挥手告别。埃尔维斯和爸爸也冲妈妈挥了挥手。

埃尔维斯看着外公放在被子上的双手。它们还握着那只手表，其中一只手的大拇指微微动着，似乎想要拉住时间。这是埃尔维斯记得的最后的一个场景，后来门就关了。

晚上，爸爸坐在厨房里读报纸的时候，埃尔维斯一个人走进客厅。他走到柜子前面——就是那天晚上外婆打电话来说，外公情况恶化，被送往医院之后，妈妈打开的那个柜子。埃尔维斯学妈妈的样子打开柜门，里面放着妈妈上次拿出来的那只鞋盒。埃尔维斯抱着鞋盒坐在沙发上，然后掀开盖子。

里面全是照片。有学校的合影，也有坚信礼的留影。照片上的主角都是妈妈和她的堂姐妹们。

最上面的信封里装着单独的一张照片。埃尔维斯知道，那就是妈妈端详许久的那一张。

是妈妈小时候的照片。她顶多三岁的模样，坐在她爸爸——也就是外公的膝盖上。旁边的桌上放着一只插满花的小花瓶。

外公将妈妈抱在怀里。妈妈抬头看着外公，外公低头看着妈妈。两个人的脸上都洋溢着幸福而满足的微笑。看得出，他们是一对相亲相爱的父女。

埃尔维斯从来都不知道，外公还有如此和蔼可亲的一面。他怎么都无法将照片上的人和那个挥着手杖，把花儿打得七零八落的外公联系在一起！不过理智告诉他，他们就是同一个人。

埃尔维斯仔仔细细地琢磨着照片。

照片里的外公还很年轻——不过从感觉上来说，他倒是更接近于今天躺在病床上的形象。埃尔维斯印象里的外公总是凶巴巴的，可照片上的他一点儿也不凶。

妈妈的样子倒是没怎么变。虽然照片里的妈妈还只是个小女孩，可她的眼睛里透着一种似曾相识的神采……埃尔维斯曾经见到过。是什么时候呢？什么时候，妈妈的眼神又回到了童年时代？

啊，他知道了！当埃尔维斯和爸爸说他们喜欢妈妈的时候，当他们表现出对妈妈的关心和在乎，而妈妈也喜欢和关心他们的时候。对，当他们三个人彼此相爱的时候，妈妈是那么幸福和快乐，就好像回到小时候，坐在外公膝盖上的模样。

埃尔维斯完全沉浸在照片之中，丝毫没有察觉到妈妈的出现。妈妈一进门就看见了沙发上的埃尔维斯，她连外套都没脱，默默走到他身后。直到妈妈凑近过来，埃尔维斯才看到了她。妈妈俯下身，和埃尔维斯一起打量着照片。她的脸颊轻轻蹭着埃尔维斯的头发。

“妈妈，你和外公看上去都很开心。”埃尔维斯说。

这是埃尔维斯的真心话。他很高兴自己能看见这张照片。

妈妈也感受到埃尔维斯由衷的喜悦，她微笑了一下。妈妈的脸色苍白而疲惫，笑容让她的双颊稍稍泛起了红晕。妈妈告诉埃尔维斯，这张照片是在外公三十岁生日时拍的。妈妈一大早就把外公从床上叫了起来，她为外公做了咖啡，迫不及待地用托盘端着送了过去。旁边桌上的那只花瓶原本也是放在托盘上的。花瓶里的花是妈妈一大早出门摘的。有风铃草、法兰西菊和红萩草。它们沐浴着清晨的阳光，在路旁蓬蓬勃勃地盛开着，妈妈特地选了最大最漂亮的几朵送给外公，外公看到花儿，高兴极了。妈妈一边回忆，一边微笑着。

妈妈指了指花瓶里的花儿——这是风铃草，这是法兰西菊，那是红萩草。

埃尔维斯看见了……

他想起了……这一切是多么不可思议。生活会这么戏剧性吗？这些花儿，不就是外公挥着手杖，打掉小脑袋的……不，他不要继续想下去了。

总有一些事情是他永远也弄不明白的，埃尔维斯只能接受。他深吸一口气，抬头望着妈妈的脸。

妈妈的眼睛和嘴唇边泛出温柔的光芒，整张面孔也随之亮了起来，显得格外美丽动人，就好像照片里那样——她还是个小女孩，坐在外公的膝盖上嘻嘻笑着。

16 偏偏是 3 月 12 号

现在，妈妈成天都在医院里陪着外公。家里因此空荡荡的。埃尔维斯宁愿在外面晃悠到傍晚，等到爸爸下班后再回家。以前，他很喜欢一个人待在家里，可现在，空气中充满了凝重的压抑和焦虑。时间也变慢了，一天天显得特别漫长。

可是今天，安娜罗萨要和黑尔佳一起玩，所以埃尔维斯只能回家。他拖着沉甸甸的步子往家走，而且越走越慢，几乎是磨蹭着上了门前的台阶。他慢吞吞地将钥匙插进锁孔，不情愿地开了门。

这时，他听见厨房里好像有人！

妈妈回来了！

太棒了！外公的身体肯定好了很多！埃尔维斯别提有多高兴了。妈妈站在厨房里，将日历从墙上摘了下来，拿在手里一眨不眨地盯着看。埃尔维斯提前撕了好多页下来，不过现在的日期已经追上来了，所以妈妈没必要再为这件事发火了。明天，她就可以像以前一样，撕掉新的一页。

“今天就是3月12号，妈妈！”埃尔维斯说。

妈妈缓缓地将目光从日历上移到埃尔维斯身上。

“你怎么会知道的？”她问，“你是从哪儿知道的？”

妈妈看起来有些魂不守舍，她的声音也变得格外陌生。妈妈这话什么意思？

“今天不是3月12号吗？”埃尔维斯问。

“今天……”妈妈用手扶住额头，似乎想不起来自己刚才说过什么。她满脸疲惫。

“没错，今天是3月12号。”她说，“今天实在是太……太……”

妈妈又说不下去了，只是怔怔地盯着日历。

“外公身体好点儿了吗？”埃尔维斯问。

妈妈注视着埃尔维斯，看了好久好久。

“没有……外公没有好起来。”她说。

然后，她垂下眼皮，似乎在地板上找什么东西。

“外公他……他已经不在了……他……他走了。”

妈妈断断续续地说着，声音仿佛已经不再属于自己。

埃尔维斯的心剧烈地跳着，让他几乎无法呼吸。外公死了。这才是妈妈想要说的话，可妈妈无论如何都说不出“死”

这个字眼儿。

妈妈拿着日历，盯着最上面一页出神。

“我不明白，”她用陌生的声音说道，“你把日历一直撕到了这里。就在这一页——偏偏就是3月12号这一页，你突然就不往下撕了！为什么？为什么偏偏是今天？就好像你……”

妈妈突然打住话头，陷入了沉默。

“怎么了，妈妈？我怎么了？”

埃尔维斯也已经认不出自己的声音。虽然并不是刻意的，可妈妈真真正正吓到他了。现在，妈妈正用一种奇怪的眼神打量着埃尔维斯。

“外公今天走了，埃尔维斯。今天就是3月12号。”妈妈一字一顿地说。

妈妈从来没像这样看过他，她的目光冷冰冰的，充满了质疑和敌意。埃尔维斯也看着妈妈。他很想要回避，可是不行。

“要是我早意识到……你撕了这么多页，我早该猜到的，埃尔维斯。”妈妈说，“可你怎会知道的……？就是今天，埃尔维斯？就是今天！”

妈妈死死盯住他。埃尔维斯一头雾水，除了多撕了几页日历外，他什么都没做啊！可现在，他隐约有种不舒服的感觉……就好像外公在今天离去全都是他的错。

不可能的！撕几张纸又不会害死外公！这种事想想都荒唐！

可是，万一妈妈相信呢？万一妈妈觉得，这就是可能的呢？那埃尔维斯无论如何都说不清了。总是这样——妈妈一旦认定了某个理儿，就会深信不疑，埃尔维斯要极力抗争和争辩，才能证明自己的清白。

埃尔维斯的确不喜欢外公，他也在心里暗暗埋怨过外公很多次，可外公总不至于因为这个就……？

不，不——肯定不是他的错！

妈妈一直盯着埃尔维斯。她的眼神空洞而冰冷，让人猜不透她的心思。

好在这个时候，爸爸回来了。他出门买了好多东西。爸爸把购物袋放在餐桌上，看了看埃尔维斯，又看了看妈妈。

“怎么了？”爸爸一边问，一边从妈妈手里拿过日历，然后伸出胳膊环住妈妈的肩膀。

“你太累了，”他说，“赶紧去躺着休息一会儿吧，晚饭交给我和埃尔维斯来做。”

妈妈靠在爸爸肩上，跟着他进了卧室，然后一句话不说，默默躺了下来。爸爸走出卧室，回到埃尔维斯身边。

“妈妈累坏了。”爸爸说，“这对她是相当沉重的打击。医生让她吃了一颗镇定的药，不过好像不太管用。我们得帮助妈妈多承担一些家务，埃尔维斯！”

埃尔维斯默默点了点头。还好爸爸是相信他的。他很愿意帮助妈妈承担家务，但他不知道该不该提日历的事。没准儿妈妈已经说过了。算了，反正说不说都无所谓。妈妈刚吃过药，所以才会表现得有点反常。

爸爸将日历挂回墙上，没有做任何评论。

“妈妈很难过，”爸爸告诉埃尔维斯，“她一向和外公很亲密。”

接着，埃尔维斯和爸爸开始准备晚饭。他们现在已经驾轻就熟了。

“我们两个合作得还不错嘛，埃尔维斯！”爸爸说。

的确不错，埃尔维斯也这么认为。这些天以来，他注意到一件事：和爸爸在一起的感觉和爷爷很像。爸爸和爷爷一样，都能让他的情绪很快平静下来。

但半夜的时候，埃尔维斯突然醒了。那种不舒服的感觉又回来了！外公拦着不让他见爸爸的那一次……？后来在回家的路上，外公用手杖把路边的花儿打得七零八落……？当时埃尔维斯在想什么？他又有什么感觉？

他在想，外公真是摧残花儿的杀手！在那一刻，他简直恨死了外公。说不定真的巴不得他赶紧死掉？

奶奶说过，要把人往好的方面想。只有这样，人才会变得越来越好。

这么说来，埃尔维斯并没有把外公往好的方面想，所以外公的情况才会越来越糟。

现在说什么都晚了。

那天晚上，埃尔维斯怎么都睡不着。日历就挂在厨房的墙上，就在他睡的沙发靠脚的那一头。埃尔维斯在黑暗中看不见它的样子，但能清清楚楚地感觉到它的存在。黎明第一抹阳光投射进来的时候，埃尔维斯最先看到的就是那两个黑黑的阿拉伯数字：12。

第二天一早，埃尔维斯在浴室里待了很长时间，妈妈则在厨房里帮他整理床铺，为全家人准备早餐。回到厨房后，埃尔维斯偷偷瞥了一眼墙上的日历。上面还是黑黑的两个数字——12，妈妈没有撕掉昨天那一页。

放学回家之后也一样。日历上仍旧显示着3月12号。接下来的一天也是。妈妈会不会忘了？还是故意留在那里的？类似于一个提醒？妈妈通常都不会忘掉这些事，撕去旧日历也是打扫的一部分。埃尔维斯恨不得自己动手撕掉它！而爸爸似乎也没把这件事放在心上。

日子就这样一天天过去，情况依然没有变化。埃尔维斯几乎每晚都会梦见墙上的日历。数字12总缠着他不放。白天在学校的时候，他在哪里都能看到12。比如做算术，做着做着，12就冒了出来。再比如读课本，翻着翻着，就翻到了第12页。

一天晚上，埃尔维斯和爸爸单独留在厨房的时候，埃尔维斯忍不住问爸爸，日历是不是该撕掉几页，显示今天的日期才对。

“当然，当然。”爸爸说。

他走过去，撕掉了12号的这页，然后接连撕了好几页下来。今天已经是3月16号了。

“最近事情太多了，”爸爸说，“所以把这事忘了。”

忘了！爸爸不会知道，因为日历的事，埃尔维斯一连几天都心神不宁，一连几个晚上都没睡好。

不过爸爸说得也没错。最近的确有太多事需要忙。妈妈去商店买了好多黑色衣服回来，在门厅的镜子前试来试去。家里到处都是黑色，椅子上、床上、沙发上，全都堆着黑色的衣裙。

妈妈也逐渐回到原来的样子，她又开始和希万阿姨她们讲电话。她聊到葬礼的事，和她们讨论自己应该穿什么样子的衣服，选择长一点儿还是短一点儿的黑纱。她还在琢磨应该邀请哪些人出席葬礼，葬礼结束应该安排正餐还是茶点，葬礼上该准备多少鲜花，现场应该如何布置。

但妈妈不再提到外公的名字，就好像所做的这一切都和他无关一样。

埃尔维斯和爸爸也不再需要帮助她分担家务，确切说，他们很愿意伸出援手，可妈妈宁可什么都自己来。她觉得，埃尔维斯和爸爸碍手碍脚的。没错，从前的那个妈妈又回来了，她在家里转来转去，唠叨个不停——可没有一句是关于外公的。

“妈妈已经不难过了吗？”埃尔维斯疑惑地小声问爸爸。

“她当然还很难过，”爸爸小声答道，“她之所以成天忙活葬礼的事，就是为了不去想他，这样她就没有时间悲伤了。”

原来是这样。埃尔维斯很能理解。安娜罗萨不愿见他的时候，他也会成天找些其他事情做，这样就会暂时忘掉安娜罗萨。他必须让自己忙个不停，因为一旦空下来，关于安娜罗萨的念头就会立刻浮现出来。嗯，他知道，妈妈现在一定也是一样的心情。

可怜的妈妈……安娜罗萨毕竟是会回来的。可外公再也回不来了。埃尔维斯很想为妈妈做些什么，可既然妈妈不愿意，他也觉得很为难。

“我们现在能做的并不多，埃尔维斯，”爸爸安慰他，“妈妈想怎么样，就随便她好了。”

不过，总不能所有的事情都按妈妈的意思来吧！有一点就让埃尔维斯特别恼火。妈妈无论和谁讲电话，都会问同样一个问题：“你觉得，该不该让埃尔维斯参加？”

让？这种事难道还要允许的吗？而且还能由电话阿姨说了算？这是第一！第二，她们讨论的是埃尔维斯该不该参加葬礼的问题！埃尔维斯才是主角，为什么不问问他的意思？

大家七嘴八舌地发表意见。外婆坚决不同意埃尔维斯参加。妈妈基本认同她的看法。接着，那群电话阿姨照例纷纷站在妈妈那边，表示对她的支持，还提出各种各样的理由：当然啦，肯定啊，完全没必要嘛，小孩子参加葬礼不合适，他年纪还太小了，这种事对他来说实在太沉重了，等等等等。

埃尔维斯默默听着。他很少被别人这么形容过。以前，那些电话阿姨提到埃尔维斯，都会说他“真不让人省心”“又闯祸了”“怎么就不听话呢”，诸如此类。

现在，她们突然改口了，说他“敏感”“脆弱”。就连妈妈的说法也变了，以前在妈妈口中，埃尔维斯是一个“没心没肺”“傻不楞登”的混小子，现在，他变成了“心思细腻”“容易受到情绪波动”的好孩子。

埃尔维斯从来都不知道，自己在妈妈眼里还有截然不同的另一面！对于妈妈的转变，他在惊讶和意外的同时，也隐隐约约能猜出个大概原因。

妈妈或许根本不了解他。不过就像爸爸说的，妈妈必须找点话题和电话阿姨讨论，才能暂时忘却失去外公的痛苦。

埃尔维斯一直没有参与讨论，他想等大家都发表过意见之后，再做下一步的打算。这一招屡试不爽。如果其他人都得出一样的结论，那他也无所谓寻求支持了，干脆摆出独立战斗的姿态。再说，等大家把该说的话都说完了，也都说累了。埃尔维斯有针对性地提出自己的看法，胜算会大很多。

他当然要去参加外公的葬礼！他好几天前就做出了决定。

“你干吗非去不可呢，埃尔维斯？”妈妈问，“你现在还太小了！”

“我已经不小了！”埃尔维斯坚定地反驳道。

“我说埃尔维斯，谁懂得更多，是妈妈还是你？”

“当然是我！”埃尔维斯说的是实话，他真心认为自己比妈妈懂得更多。

“要是他自己非要去的话，”爸爸试探地说，“我看还不如就……”

爸爸才说到一半，就被妈妈打断了。

“不行！这件事没有商量的余地！埃尔维斯不会懂的，他只会觉得害怕！”

爸爸立刻就投降了。

“是啊，葬礼可不是闹着玩的，埃尔维斯。”他说，“你就算去了也不会觉得有意思的……”

可埃尔维斯不肯罢休。他说，自己没想去“闹着玩”，但他不想被排挤在外。他想和其他人一起，亲眼见证葬礼的整个过程。他不会觉得害怕。爸爸妈妈不知道，他已经把这件事从头到尾、仔仔细细考虑过一遍了。他们以为他没听到的，其实他都听到了，他们以为他不理解的，其实他都理解。他比大家想象中要成熟，要冷静。

反正他是不会退缩的，他一定要去参加外公的葬礼。

看见埃尔维斯这么坚持，妈妈也没了主意。妈妈堂姐妹的孩子都会留在家里。任何孩子不得参加葬礼，这是大家达成的共识。

“其他孩子都没像你这样叽叽歪歪的。”

“你怎么知道？”

“他们要是有意见，肯定也会说的。拜托，埃尔维斯……”妈妈的语气近乎哀求。

可埃尔维斯不为所动，他已经打定主意要去参加外公的葬礼。妈妈完全乱了阵脚。不过从某种意义上说，对于埃尔维斯的执着，她还是挺感动的。不管怎么说，埃尔维斯肯定是对外公很有感情的。如果真是那样的话，拒绝他的要求未免太残忍了。妈妈左思右想，最后还是让了步。

太好了，埃尔维斯能去参加外公的葬礼了！

17 外公的葬礼

外公就葬在乡下他曾经担任过司事的教堂墓园里。当地的人都认识他，所以举办葬礼的时候，教堂里挤满了人。

外公的灵柩安置在最中间，上面摆放着鲜花，周围满是花圈。埃尔维斯看见，其中大多数都是康乃馨。

埃尔维斯和爷爷奶奶一起坐在灵柩的一侧，前面就是爸爸和妈妈。外婆的位置位于灵柩的另一侧，她的身后都是妈妈的堂姐妹以及其他亲戚。所有人都穿着黑色衣服，一言不发。气氛肃穆而凝重。

祭坛上悬挂着耶稣被钉在十字架上的雕像，显得悲惨而忧郁。祭坛周围都是长长的蜡烛。

妈妈一直在哭。她一看到外公的灵柩就忍不住掉下泪来。后来外婆也跟着哭起来。

管风琴奏出悠扬动听的旋律。巨大的教堂彩窗外，大片大片的雪花落在黑黢黢的树枝上。三月的大雪，湿湿的大雪……埃尔维斯的脑海中浮现出各种各样的念头。

妈妈究竟流了多少眼泪？

一只雪球里究竟藏了多少片雪花？

外公究竟收到了多少朵鲜花？

埃尔维斯开始一朵一朵地数了起来。管风琴又一次响了起来。埃尔维斯被打断了思路，只好重新再数。后来他发现，自己只能看到灵柩一侧的花圈，另一侧根本看不清，这才放弃了。

外婆的哭声比妈妈的要压抑，但眼泪一直都没止住。她哭成这样，脸上化的妆可怎么办？外婆戴了一条长长的黑纱，妈妈的黑纱要短一些。

灵柩上铺满了白色和粉色的康乃馨，外公就躺在这些鲜花之中。不过，其中的一只花圈是用法兰西菊做成的。有几只法兰西菊的花茎折断了，小脑袋纷纷耷拉了下来。要是外公看到的话，肯定会跳起来，挥着手杖把它们的小脑袋统统打掉。可他现在做不到了，因为他死了。外公再也不能动了。法兰西菊不用担心自己的小脑袋了。

牧师来了，所有人站起身，开始唱歌。

奶奶会唱所有的赞美诗，妈妈试着跟着唱，可大多数时间里都在抽泣，爸爸和外婆只是动了动嘴唇而已。

埃尔维斯紧紧握着爷爷的手，忍不住又一次在想，还好，躺在棺材里的人不是爷爷。如果有那么一天，他是不会参加爷爷的葬礼的，因为爷爷说过，他不希望埃尔维斯在。

“埃尔维斯，咱俩应该趁我活着的时候开开心心的，”爷爷说，“至于葬礼嘛，我情愿一个人安安静静的。”

埃尔维斯觉得爷爷说得很有道理。而作为教堂司事的外公就不一样了。他曾经参加过许多场葬礼，所以也希望自己的葬礼热热闹闹的。至少爷爷是这么认为的。

看着妈妈哭得那么伤心，还有外婆黯然神伤的样子，埃尔维斯觉得很难过。不过除此之外，葬礼也不是那么悲伤。埃尔维斯从来都不知道，管风琴的旋律会如此悠扬，他仿佛长出了翅膀，伴随着音符翩然而飞。歌声很动听。

整个过程进行得还算快。其中耗时最长的是牧师的讲话。不过埃尔维斯并不觉得枯燥，因为牧师讲话的模样实在是太逗了。他不停地摇头晃脑，冲左边点三下头，再冲右边点三下头，然后仰起脖子，望着教堂的天花板。不过唱歌的时候，他的脑袋始终没有晃来晃去，眼睛一直盯着天花板。

但是！牧师撒在外公棺材上的并不是泥土！他说是泥土，可埃尔维斯明明看见那就是沙子。扑扑簌簌落下来的白色细沙。不过没准儿是外公自己想要沙子。因为沙子不像泥土那么脏兮兮的。外公是个很讲卫生的人，他大概更喜欢沙子，所以早早就订下了。

现在，大家依次绕着外公的灵柩做最后的告别。爷爷紧紧拉着埃尔维斯的手，他们走得很慢很慢——趁别人不注意的时候，埃尔维斯将法兰西菊耷拉下来的小脑袋连着花茎一起轻轻掐掉了。爷爷一下就看穿了他的心思，他帮着埃尔维斯将它们的小脑袋藏进自己大大的黑西装内侧口袋。

奶奶在灵柩旁边放了一小束鲜花。

大家停下脚步，为外公默哀。

教堂里又一次响起管风琴的乐声。

葬礼结束了。

现实中的葬礼并不如埃尔维斯想象中那么压抑和悲伤。

不过妈妈一直在哭，甚至在离开教堂的时候，她必须在爸爸搀扶下才能往前走。

不过后来，他们来到外婆家，喝了咖啡，吃了蛋糕和点心后，妈妈很快就恢复了原样。大家的情绪也都好了起来。伤心到此为止。外婆家完全就是平时请客的轻松气氛。牧师还和爸爸有说有笑地聊起了足球。

外婆从浴室走了出来，脸上已经重新化过妆。她让妈妈也进去整理一下。

“我确实得拾掇拾掇。”妈妈说，“刚才在教堂里，我的样子是不是很糟糕？我哭成那样，肯定很难看吧？”

“没有，你一点儿也不难看，我的小女儿！不过你最好进去补个妆，梳梳头发，那样就更漂亮了。”外婆说。

然后她抱了抱妈妈，在她脸颊上亲了一下。

大家在屋里走来走去，热络而起劲地聊着生活中一些鸡毛蒜皮的小事。埃尔维斯实在想不通。突然之间，一切全都变了！就在刚才，他们还为外公而哭泣呢，现在呢，每个人似乎都忘记了孤零零躺在棺材里的外公，热热闹闹地开起了派对！他听见有人在笑，那笑声高亢而尖锐，显得格外刺耳。会是妈妈吗？埃尔维斯四下张望起来。听声音很像，可他也不确定。

埃尔维斯突然明白了爷爷说过的话：至于葬礼嘛，我情愿一个人安安静静的！

如果真有那么可笑的地方，妈妈笑一笑倒也不是什么问题。只是这种转变实在太过唐突，埃尔维斯一时半会儿难以接受。刚才大家还沉浸在一片悲痛之中，一转眼就又高兴起来。至少他自己做不到。

当晚回到城里的家之后，妈妈默默脱下了黑色的衣服，既没有笑，也没有哭。她的表情前所未有地严肃，看得出，她很难过。

妈妈站在浴室里搓洗一双黑色的长筒袜。她将袜子挂在晾衣架上，袜子滴滴答答地滴着水，她的一双手也湿漉漉的。妈妈甩掉手上的水，转过身来。

埃尔维斯正站在浴室门口看着她。

“妈妈！”埃尔维斯手里拿着那张照片——还是小女孩的妈妈坐在外公的膝盖上，笑得一脸灿烂。他刚才特意去柜子里将照片找了出来，现在，他想让妈妈讲讲照片背后的故事。

“啊，我的小宝贝！”

妈妈握住埃尔维斯的手，拉着他一起坐在沙发里，点亮了茶几上的蜡烛，然后讲述起来。爸爸也走了过来，坐在一旁听着。妈妈回忆起越来越多自己童年时的故事。虽然都是些微不足道的日常琐事，但妈妈讲述的时候，整个人焕发出一种夺目的光彩。妈妈注意到，爸爸和埃尔维斯都听得入了迷，深深陶醉在那些往事之中。埃尔维斯也意识到，其实他从没有真正了解过外公。妈妈小的时候，外公很喜欢她，妈妈也喜欢外公。他们的感情相当深厚。

埃尔维斯和爸爸妈妈就这样，在沙发上坐了好久。茶几上的蜡烛跃动着火苗，发出明亮的烛光。蓝色花瓶里插着埃尔维斯从葬礼上拯救下来的法兰西菊。他亲昵地依偎在妈妈身边。

窗外的雪花缓缓飘落着，似乎和埃尔维斯一样，陶醉地聆听着妈妈的话。

18 告别芒努斯

“你觉得我长得丑吗，埃尔维斯？”

“不会啊……？”

“那你觉得我长得漂亮吗？”

今天是星期天，也是外公葬礼后的第二天。妈妈站在门厅的镜子前，试戴她昨天买的饰有绢花的黑色礼帽。埃尔维斯正要出门。芒努斯·林德刚打了电话过来，他们约好一会儿见。可妈妈总在问他各种各样的问题，似乎不肯放他走，埃尔维斯想，妈妈今天大概不想一个人待着。

埃尔维斯本来是应该在家陪妈妈的，可他已经很久没见到芒努斯了。况且妈妈也没有直接说不许他走。妈妈对芒努斯·林德还是颇为看重的。她在电话里和希万阿姨说，芒努斯肯和她的埃尔维斯一起玩，绝对是件值得骄傲的事。不过她正在竭力拖延时间，争取让埃尔维斯留在身边。

“埃尔维斯……你还没回答我的问题呢？你觉得妈妈长得漂亮吗？”

唉，她应该知道答案……埃尔维斯的态度扭捏起来。他在感到尴尬之余，也不免有些受宠若惊。妈妈真的在乎他的看法吗？妈妈不是经常说，他完全没有品位吗？

“埃尔维斯……你说话呀！”

“嗯，漂亮的……不过我没有什么品位。”埃尔维斯边说边朝门口走去。

“啊，我的小宝贝！”

妈妈转过身，将埃尔维斯抓了回来，然后紧紧贴在自己的胸口。她的眼眶盈满泪水，抱着他抽泣起来。

“妈妈的小埃尔维斯！妈妈和你永远要在一起。外公走了，我们再也不要闹别扭！再也不要吵架！答应妈妈！妈妈最亲爱的小埃尔维斯，答应妈妈……”

妈妈抽抽搭搭地说，埃尔维斯必须要答应这个，答应那个！可埃尔维斯不知道自己究竟要答应什么。他当然不想和妈妈吵架——可不至于……？

“我也想和妈妈好好的。”埃尔维斯一边说，一边拍了拍妈妈的头发，帽子上的绢花歪了，埃尔维斯赶紧用手指托了托。

“哎哟……我的花！当心点，千万别……”

妈妈努力让自己保持镇定，赶紧将帽子摘了下来。她很担心绢花会把黑纱刮出一个口子，被这么一打岔，她立刻忘记了眼泪。

“还好还好，没事了。”她松了口气，“我还是收起来，留到下次用吧。”

下次！

埃尔维斯的心顿时凉了半截。她什么意思？还有人要死吗？

“没有，没有，我们当然不希望会有。”妈妈解释说，“不过亲戚里有不少上了年纪的老人，所以这事也说不好……”

“爷爷还不老！”埃尔维斯脱口而出。家里的气氛顿时凝重起来。妈妈看了看他，一副欲言又止的样子。

最后她还是说了。

“不管怎么说，他比你可怜的外公年纪要大。”妈妈说完，小心翼翼地吹落了绢花上的灰尘。埃尔维斯浑身一颤，夺门而出。

“就算举办葬礼，爷爷也情愿一个人安安静静的，所以你不用戴那顶倒霉帽子！”

说完这句话，埃尔维斯就不见了踪影。

芒努斯·林德打电话来的时候，埃尔维斯还以为又有新的任务。可他想错了，芒努斯只是想要和他见见面，说说话而已。芒努斯说，他们两个都还没好好聊过。

他们约在街边碰面，芒努斯和上次一样，招手拦了一辆出租车，一路开回自己家。

埃尔维斯又一次来到芒努斯的房间里。他坐在那张又大又软的扶手椅上，面前放了一杯沉甸甸的热茶。茶杯大得和一只小水桶差不多。埃尔维斯用两只手捧着，颤巍巍地凑到嘴边喝了一大口，然后抬起眼打量着芒努斯。

虽然房间里有不少椅子，芒努斯还是坚持坐在他巨大的书桌前面。他往打字机里插了一张白纸，手指在键盘上敲击着，时不时打出一两行，呼吸也跟着沉重起来。

芒努斯说，他记录在纸上的都是脑海中闪现过的乱七八糟的念头，所以埃尔维斯完全不必担心会打扰到他。他只是觉得应该记下来比较好，不然很容易遗漏掉重要的部分。

芒努斯从打字机前抬起头来，看着埃尔维斯。

“你一点儿也不怕我，对吗？”他说。

埃尔维斯摇了摇头，他还捧着茶杯。

不，他确实不怕芒努斯。他为什么要感到害怕呢？

“其实你应该害怕的。”芒努斯说。

埃尔维斯没吭声。芒努斯直视着埃尔维斯一双瞪得大大的眼睛，好奇他在琢磨什么。

可是埃尔维斯没琢磨什么，他只是不明白芒努斯的意思。有那么一瞬间，他脑海里闪过妈妈的画面。妈妈站在镜子前，问埃尔维斯是不是觉得她长得丑！而现在，芒努斯又问他会不会对自己感到害怕！前后也就不到一个小时，两个人突然都在意起他的看法！这是怎么回事？芒努斯究竟想要说什么？为什么埃尔维斯应该感到害怕？

芒努斯又埋头在打字机前敲敲打打起来。

埃尔维斯小心翼翼地放下茶杯。他凑过去往杯子里吹了吹，茶水表面泛起一阵涟漪。

“我一直都很喜欢孩子，”芒努斯一边打字一边说道，“可能是因为我自己从没当过孩子。我一下子就长大了。这大概就是我的问题所在。”

埃尔维斯停止了吹气。

“就像耶稣那样吗？”他饶有兴趣地看着芒努斯。

“耶稣？”芒努斯打字的手停了下来。

“是啊。他出生的时候也是个小婴儿，然后一下子就长大了。”

“我不是什么耶稣！”芒努斯急忙反驳道，“恰恰相反，我……”

他陷入了沉默，然后用手指抚摸过打字机的键盘。埃尔维斯说得没错，耶稣没有过童年。

“可他也没有真实存在过，”芒努斯说，“但我不一样……”

芒努斯始终低垂着目光。现在，他突然睁大了一双亮晶晶的眼睛，直视着埃尔维斯。关于耶稣童年的话题引起了他的兴趣。芒努斯说，耶稣自己有什么想法、什么感受，其实谁都不知道。耶稣一直在循循善诱地教导别人，但从不说自己的事，比如他是怎样的一个人，他有怎样的喜怒哀乐。

“我们根本没办法了解他嘛！”芒努斯说。

没错，其实大家都不了解耶稣。埃尔维斯又开始往茶杯里吹气。他很喜欢听芒努斯说话。

“其实，我也是这样的人，”芒努斯若有所思地说，“可我绝不是什么耶稣！”

他笑了起来。然后，他像是想到了某件好笑的事，身体向后一靠，笑得前仰后合。

“有一段时间，我很想成为罗宾汉一样的人物，”他说，“可惜失败了。”

“罗宾……什么？那是谁？”

芒努斯告诉埃尔维斯，罗宾汉是一个生活在很久以前的英雄。他富有正义感，从富人那里偷盗和抢劫，从而接济和帮助穷人。

“听起来还不错啊。”埃尔维斯说。

芒努斯又笑了起来。

“我不知道……恐怕不见得吧。”芒努斯的神情突然严肃起来，几乎有些凝重。然后他说：“很多人都过着自欺欺人的生活，他们欺骗别人，也被别人欺骗。最后都不知道究竟是谁在欺骗谁。但不管怎么说，受苦的总是穷人。”

“是吗？”

“当然。因为对于我们来说，生活总归是有出路的。好的出路或坏的出路。但日子总能过得下去。”

芒努斯又开始在打字机上写起来。

埃尔维斯捧起茶杯，喝了一大口。他靠在椅背上，陷入了沉思。也不知道过了多久，埃尔维斯甚至怀疑芒努斯是不是忘记了他的存在。不过忘了也没关系，他在这里觉得很安心。虽然芒努斯说的话他一句也没听懂，但在聆听的同时，他可以自己思考很多东西，从而萌生出不少新的想法。或许他们两个想的不是同一件事，但他们能彼此理解，这就很难得。

芒努斯从打字机前抬起头来，但他的目光并没有停留在埃尔维斯身上，而是直直地望向前方，用富有磁性的迷人嗓音说道：“你没有死，你活下来了，你还活着……这才是最重要的。”

埃尔维斯一动都不敢动。在思考生死这种严肃问题的时候，是不该被打扰的。

芒努斯从打字机前站起身来，走到埃尔维斯面前，将双手放在两侧的扶手上。他将身体往前探了探，盯着埃尔维斯的眼睛。

“你是一个善良聪明的人，埃尔维斯。”他说，“我希望你未来一切都好。”

“我希望……你也是。”埃尔维斯小声回应道。

他也不知道为什么，嗓子眼儿像是堵住了似的。芒努斯紧紧盯着他。

“现在说的不是我，而是你。”芒努斯说，“我必须警告你，埃尔维斯，一定要离我远一点儿！你太善良了，不应该和我这种人混在一起。”

埃尔维斯彻底糊涂了。芒努斯在说什么？他不想再见到自己了吗？

“你必须得听我说，埃尔维斯。今天我是清醒的，是理智的，但我不能保证自己一直都这样。我利用了你，我也不想再继续下去。可我没准儿还会迷失自我，还会引诱你上钩。如果有那么一天，你一定要果断地拒绝我，埃尔维斯！记住我的话！你要坚决地对我说不！”

芒努斯站起身，拉开书桌的抽屉，从里面翻出一只布偶娃娃。芒努斯说，那是很久以前，妈妈送给他的。妈妈之所以买这只娃娃，是因为觉得它和芒努斯长得很像。

“能给我看看吗？”埃尔维斯迫不及待地问。

没错，布偶娃娃的确长得很像芒努斯，它也有高高的额头和一双明亮的蓝眼睛。不过布偶娃娃的眼神更为忧郁，好在它的嘴巴还在笑。

“它真的很像你！”埃尔维斯说完，将布偶娃娃还给芒努斯。

芒努斯看了看它。

“我不知道……”他将手伸进布偶娃娃的肚子里，开始表演起来。芒努斯在模仿自己。他有时严肃，有时幽默，埃尔维斯知道，芒努斯让布偶娃娃说出来的话，都是他自己的心声。

芒努斯让布偶娃娃一边在打字机键盘上敲敲打打，一边说道：“你知道吗，我不是什么好人！”布偶娃娃摇了摇头继续道，“可我很喜欢你，我希望你比我更善良，过上更好的日子。所以你千万要当心我，因为我是一个糟糕透顶的坏人！”

埃尔维斯哭笑不得。他无助地望着芒努斯的脸。他的神情格外严肃和郑重，还透着睿智和宽容。和芒努斯相处这么久以来，埃尔维斯还是第一次有这么强烈的安全感。他怎么都想不明白，自己应该当心什么？

芒努斯继续摆弄着布偶娃娃，模仿自己说话。

“我一会儿就叫出租车送你回家，”布偶娃娃说，“不过在你离开之前，我要再告诫你一遍，好让你牢牢记住。芒努斯·林德觉得，对一个人最大的惩罚，就是毫无希望地堕落下去，从此失去改过的机会。所以，无论芒努斯·林德提出任何要求，你都要说不！”

芒努斯打电话叫了一辆出租车，不过他并没有像之前说的那样，陪埃尔维斯一起回家。芒努斯临时变了主意，请出租车司机将埃尔维斯一直送到家门口。埃尔维斯上了车，芒努斯付了车费。就在汽车即将开动的一瞬间，芒努斯突然打开车门，将布偶娃娃扔了进去，不偏不倚地落在埃尔维斯的膝盖上。

“这个送你了！”他笑着说，“让它陪你回家吧。它比芒努斯·林德好多了。”

芒努斯冲埃尔维斯挥了挥手，绽放出最灿烂、最迷人的微笑。

汽车开动了。

埃尔维斯拿起布偶娃娃端详起来。他晃晃布偶娃娃的脑袋，摇摇它的手，注视着它的眼睛。能得到布偶娃娃，他当然很高兴。可他也不想失去芒努斯·林德。不！永远不！

出租车停在埃尔维斯家门外的时候，妈妈刚好站在窗户前张望。她看着埃尔维斯从出租车里走了出来。这可是她的埃尔维斯啊……他居然交了个这么有钱的朋友……还能请他坐出租车！

“你的朋友真够意思，埃尔维斯！”埃尔维斯刚一走进家门，妈妈就迎了上去，“你再也不会感到孤单了。”

她上上下下地打量着埃尔维斯。他今天一定有些特别之处，不然他的朋友怎么会出手这么阔绰呢！

“小埃尔维斯，”妈妈喃喃说道，“妈妈的小埃尔维斯。”

这时妈妈想起来，家里还有一封埃尔维斯的信。

是托尔斯滕寄来的。

埃尔维斯拆开信读了起来。托尔斯滕已经算出了结果。埃尔维斯终于得到自己想要的答案了。

他的雪球里有6389片星状雪花。

六千……三百……八十九！